때
가
되
면
이
란

걸어본다
13

테헤란

때가 되면 이란

●

정영효 에세이

ㄴㄴ〉〈ㄷㄴ

목차

나는 여행을 기록해본 적이 없다. 게으른 탓이 크지만 몸과 마음이 여행에서 만난 사람과 사물, 그리고 풍경을 기억할 거라고 막연하게 믿어왔기 때문이다. 억지로 기록에 가두지 않아도 여행이 끝난 뒤 밀려오는 감각과 어딘가를 그리워하는 마음이 어쩌면 나의 후기였던 셈이다. 그러다 여행을 기록하는 일을 생각해봤다. 여행중에 마주친 상황과 감정을 풀어본다면 글을 '쓰는 동안' 또다른 여행을 경험할 수 있을 것 같았다. 무엇을 정확하게 정리하겠다는 의도보다는 내게 안착했거나 내가 더 바라보고자 하는 일들을 담아보고 싶었다. 익숙함에서 벗어났으므로 가능했던 시간. 천천히 걸었으므로 닿을 수 있었던 곳. 그런 시간과 장소에 존재했던 나와 세계를 새겨보는 과정이 궁금했다.

이 책은 2016년 8월부터 11월까지 이란의 수도 테헤란Tehran에 머무는 동안 쓴 글들을 묶은 것이다. 테헤란에서 내가 겪은 크고 작은 일들이 책의 줄기를 차지한다. 이란과 테헤란의 종교·정치적 상황에 대한 내용도 그 안에 담겨 있다. 이란은 '시아파 이슬람'을 기반으로 하는 신정 일치 국가이며, 이란의 중심에는 바로 수도 테헤란이 있기 때문이다. 여행지의 사람과 사물과 풍경은 언제나 그곳의 '분위기'와 맞닿으면서 고유한 대상으로 자리한다. 매일 지나치는 거리와 건물. 낯선 물건과 음식. 누구나 지켜야 하는 규율. 사회 전체를 지배하는 이념. 테헤란과 밀착된 이런 것들이 나를 자연스럽게 질문으로 이끌었다. 그래서 여행과 산문이 서로 힘을 보태면 나오는, 여행과 산문이 적당한 거리로 서로를 교환하면 탄생하는 글쓰기 안에서 내 문장이 어떤 의미를 지닐지 걱정이 앞선다.

1979년 '이슬람 혁명'이 일어나기 전까지 이란은 국왕이 통치하는 왕정 국가였다. 테헤란 역시 1796년 카자르Qajar 왕조의 수도가 되면서 대도시로 발전하였다. 이란 왕조의 시작엔 우리가 잘 아는 '페르시아Persia'가 있다. 페르시아, 그리고 페르시아어를 가리키는 '파르시Farsi' 모두 이란 남서부에 위치한 '파르스Fars'에서 유래했다. 파르스에는 기원전 518년 다리우스Darius 대왕이 건설한 아케메네스Achemenes 제국의 도시 페르세폴리스Persepolis가 있었다. 한동안 번영을 누리며 세계의 중심지로 자리했던 페르세폴리스는 마케도니아의 알렉산드로스 대왕에게 정복당한 뒤 무참히 파괴되었다. 그러나 이란 왕조들은 페르시아의 역사를 계승하면서 자신들이 페르시아의 후예임을 자랑스럽게 여겼다. 또 여전히 많은 사람들이 페르시아의 시작을 알기 위해 지금까지도 페르세폴리스를 찾는다.

전통 의상을 입고 페르세폴리스를 바라보는 이란인들. 페르세폴리스가 있는 '파르스'에서 '페르시아'라는 이름이 유래했다.

페르시아 왕들의 무덤 '나크시-에 로스탐Naqsh-e Rostam'. 페르스폴리스 인근에 위치해 있다.

이란과 페르시아가 늘 함께 연상되는 이유가 여기에 있다.

이란에는 터키어, 아랍어, 투르크어 등 여러 언어가 존재하지만 이란인들은 주로 페르시아어로 말하고 아랍 문자에 4자를 추가해 자신들의 글자로 사용한다. 페르시아어 표기는 우리와 반대로 오른쪽에서 왼쪽으로 적는다. 일반적으로 페르시아어는 이란인들이 사용하는 이런 말과 글을 지칭하며, '이란어'라고 편하게 부르기도 한다. 나는 페르시아어를 전혀 알지 못한다. 그럼에도 이 책에는 페르시아어가 종종 등장한다. 사전을 찾거나 친구들에게 물어가면서 페르시아어가 가진 어감을 전달하려고 노력했다. 하지만 언어의 차이 때문에 페르시아어를 정확하게 한국어로 옮기는 일은 불가능했다. 그 외 지명과 인명 등은 독자들이 접근하기 쉽게 한국어와 영어를 함께 표기했다.

이 책은 테헤란에 머무는 동안 내가 잘 알지 못했거나 새롭게 바라본 사물들에 대해 쓴 것이다. 사물은 낯선 환경과 문화를 마주했을 때 가장 빠르게 그 '낯섦'을 확인해준다. 또 일상과 역사를 요약하면서 사람과 사람 사이를 이어준다. 그래서 테헤란을 한꺼번에 바라보기보다는 천천히 바라보기 위해 사물들을 앞에 두고 이야기를 풀어냈다. 물론 책 속에 등장하는 사물과 사물에서 비롯된 생각은 테헤란뿐 아니라 이란에 대한 내용까지 뻗어간다. 테헤란은 이란을 대표하는 도시이자 이란 전역에서 온 사람들이 모여 사는 곳이기 때문이다.

『때가 되면 이란』은 이 책의 제목이면서 내 바람이 담긴 문장이다. 이란에 반드시 가보겠다고 마음먹는 이들은 사실 많지 않을 것이다. 정치나 경제적인 문제로 인해 우리는 여전히 이란을 제대로 알지 못하고, 때로는 오해하기도 한다. 하지만 이란을 다녀온 사람들은 그곳을 오랫동안 기억하고 '때가 되면' 다시 이란에 가고 싶어한다. 그들의 이야기가 조금씩 모인다면, 그들의 이야기가 막연한 거리감을 좁혀준다면 이란은 지금보다 훨씬 편안한 곳으로 다가오지 않을까? 그런 '때가 되면' 더 많은 이들이 이란에 관심을 가질 것이라고 나는 믿는다.

테헤란에 머물 수 있었던 건 한국문화예술위원회에서 주관하는 '해외 레지던스 프로그램' 참여 작가로 선정된 덕분이다. 다른 나라, 그것도 한 도시에서 세 달 동안 지내는 일은 내게 흥미로운 사건이었다. 이 사건은 회사에 소속되지 않았으므로 출장은 아니었고, 교육을 받지 않았으므로 연수도 아니었다. 그렇다고 거주라고 하기엔 뭔가 부족하고 어색하다. 정해진 일정 외엔 내 '의지'대로 보낼 수 있는 시간이 많았다. 소속 없이, 강요 없이, 의지에 따라 움직일 수 있다는 사실이 테헤란에서의 '생활'을 '여행'으로 만들어준 것 같다. 아니면 나 스스로 그것을 여행으로 생각하고 싶었는지도 모른다.

책을 기획하고 출판을 진행해준 난다의 식구들에게 감사의 마음을 전한다. 특히 김민정 시인이 아니었다면 『때가 되면 이란』은 태어나지 않았을 것이다. 그의 제안과 격려 덕분에 이 책을 준비할 수 있었고, 그의 섬세한 손길 덕분에 이 책을 마무리할 수 있었다. 이란에서 만난 이들에게도 빚진 게 많다. 테헤란 송 투어 오석호 소장은 내게 가장 큰 도움을 준 분이다. 그와 함께했던 산책과 그와 함께 나눈 이야기는 내가 이란과 테헤란을 이해하는 첫걸음이었다. 일리아드, 뉴우샤, 소간드, 메흐라베 그리고 세종학당 선생님들이 베풀어준 친절 또한 오랫동안 잊지 못할 것이다.

게블레

'메카'로 향하는 도시

실감하기 힘든 방향이 있다. 경험할 수 없거나 경험하기 어려운 일. 가보고 싶지만 쉽게 갈 수 없는 곳. 아직 닿지 못한 어떤 시간과 여전히 내 바깥에서 머뭇거리는 자리. 이런 것들은 언제나 실감하기 힘든 방향으로 내게 다가온다. 테헤란 역시 그랬다. 가끔 테헤란을 혼자 떠올려보면 어딘가에 있으나 어디로 가야 할지 모르는 방향 같다는 생각이 들었다. 누군가는 거기에 마음을 두었고, 누군가는 거기에 살고 있으나 내겐 그저 막연한 나라의 도시. 결국 비행기에서 내린 뒤에도 나는 조심스러울 수밖에 없었다. 테헤란에 대해 제대로 알고 있는 것들이 없었고 조금씩 이곳을 알게 되기 시작할 때쯤 여행이 끝날 것 같다는 예감이 들었으니까.

그런 이유 때문에 나는 테헤란으로 왔는지 모르겠다. 여행을 하는 이유는 모두 다를 수 있다. 그럴 수 있으므로 우리는 여행을 한다. 여행지라는

방향을 맞이해도 온전히 내 것이 아닌 곳들이 가득하고 그러다 종종 길을
헤매기도 한다. 어차피 그렇게 해야만 겪을 수 있는 일들. 분주한 인파와
빛이 가득한 거리를 지나 숙소에 도착했을 때, 나는 비로소 내가 머물러야
할 테헤란을 상상해보기 시작했다. 어디서부터 무엇을 시작할 수 있을까?
그 순간 내 눈에 처음 들어온 건 방 천장에 붙어 있는 작은 화살표였다.

게블레قبله. 마호메트의 출생지이자 이슬람의 성지인 사우디아라비아
의 '메카Mecca', 정확히는 메카에 위치한 '카바Kaaba 신전'의 방향을 가리
키는 표시였다. 이란에선 기도할 수 있는 거의 모든 곳의 천장이나 벽에
게블레를 붙여놓는다. 무슬림이라면 누구나 게블레가 지시하는 방향으
로 무릎을 꿇은 채 코란을 외워야 하는 것이다. 종교를 위해 평생 동안 섬
겨야 하는 방향. 멀리 떨어져 있어도 마음속에 언제나 가까이 두어야 하
는 곳. 나는 외부에서 겨우 두려움을 누르며 이곳으로 도착했는데 테헤란
사람들은 게블레 곁에서 매일 성지로 마음을 풀어놓고 있었다. 경배와 겸
손으로 기도하는 그들의 모습이 여행자인 내 머릿속을 잠시 통과했다.

게블레 말고도 방향을 찾을 때 쓰는 물건이 하나 더 있다. 바로 '게블레
나머قبله نما'이다. 일반적인 나침반과 비슷한 모양이지만 바늘 끝이 가리
키는 곳은 메카이다. 그 속에서는 반대쪽이 없고, 남과 북이 표시되지 않
으며, 오직 하나의 점만이 성지를 향해 무한히 뻗어나간다. 마치 모든 세
계가 모여 메카에 도착할 수밖에 없는 길을 만든다는 듯이. 메카를 떠올
리며 온몸을 숙일 때 어떤 심정이 기도에 자리할까? 게블레의 화살표는

14

숙소에 있는 기도실 내부.

코란을 읽는 무슬림.

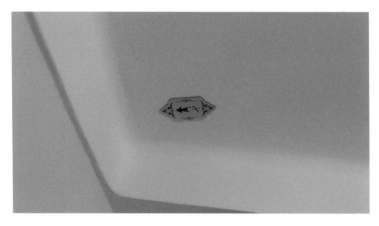

숙소 천장에 붙어 있는 게블레. 화살표가 가리키는 쪽이 사우디아라비아의 '메카'이다.

오직 앞을 약속한다. 하지만 보이지 않는 다른 쪽 때문에 앞은 늘 멀리서 손짓한다. 무슬림이 끝까지 따라야 할 메카의 방향이 앞에 놓여 있다면 무슬림이 겪어야 할 삶의 방향이 다른 쪽에 놓여 있는 것이다.

이슬람 국가에서는 게블레와 게블레 나머가 친숙한 존재라 한다. 게블레는 아랍어인 '키블라قبلة'로 더 알려졌다고. 그러나 나는 테헤란에 와서 이것들을 처음으로 보았다. 아마 내가 테헤란에 대해 알고 있는 몇 안 되는 것들 중 하나가 종교였고, 그래서 내게 게블레가 먼저 다가왔을 수 있다. 아니면 내가 알고 있는 얕은 지식을 보상받기 위한 경솔함이 내 눈을 먼저 두드렸을 수도 있다. 누구나 자신의 영역에서 다른 것을 바라보려 한다. 나 역시 예외일 수 없다. 그러나 메카로 고개를 숙인 사람들과 메카에서 뻗어나가는 그들의 믿음, 그 사이에 물리적인 거리는 무색해 보인다. 언제나 같은 곳을 향해 기도하는 자들의 생활을 내가 쉽게 이해하는 건 어려울 테니까.

앞으로 나는 게블레가 있는 방에서 지내야 한다. 잠을 자려고 누울 때나 물을 마시기 위해 고개를 들 때면 천장에 붙은 이 화살표가 보일 것이다. 가끔은 호스텔 한쪽에 있는 기도실에서 누군가의 고백과 기원이 들려올 것이다. 그러다 알아듣지 못할 말과 읽을 수 없는 표정에 섞여 혼자 거리를 떠돌기도 할 것이다. 쉽게 받아들이기 힘든 상황들이 나를 누르기도 할 것이며, 때로는 그것들이 내가 모르는 사이에 흩어져버릴 것이다. 모든 고민을 몰아놓은 채 잠을 청하고 테헤란의 일상에 조금씩 적응해갈 것

지하철 역사에 위치한 기도실. 영어로 'Praying Room'이란 글씨가 보인다. 공공건물뿐
아니라 사람들이 많이 모이는 장소에는 어김없이 기도실이 마련되어 있다.

이다. 첫번째 밤이 지나가는 동안 나는 이런저런 상상을 하고 있었다.

이란의 전통 문. 두드리는 부분을 양쪽으로 나눠 손님이 남성인지 여성인지 내부에서 알 수 있게 만들었다. 왼쪽의 길쭉한 고리가 남성용, 오른쪽의 동그란 고리가 여성용이다.

선과 벽

둘로 나눠진 세계

선은 양쪽을 사이좋게 나누는 공평함을 가지면서 양쪽을 격리하는 경계의 의미를 지닌다. 벽 또한 양쪽을 방해하지 않으려는 친절함을 가지면서 양쪽을 가로막는 경고의 의미를 지닌다. 내 마음대로 선을 긋고 벽을 올리며 한쪽과 다른 한쪽의 싸움을 막거나 배려할 수 있다면 좋겠지만, 많은 선과 벽이 금지와 방지의 표시로 다가온다. 내가 모르는 사이에 선과 벽이 생기는가 하면 나도 모르게 선과 벽을 따른다.

테헤란의 지하철과 버스에는 벽이 존재한다. 남성과 여성이 탈 수 있는 공간이 나누어진 것이다. 종교적인 이유로 남녀의 신체 접촉을 막는 벽을 차내에 세웠고, 지하철 플랫폼에는 여성 칸의 시작을 알리는 선을 그어두기도 했다. 그 선 안에서 여성들은 지하철을 기다린다. 물론 완전히 막혀 있는 벽과 완전히 차단된 선은 아니다. 선과 벽이 뚜렷한 곳이 있는가 하면 임의로 분리된 곳도 있다. 그러나 여성이 남성 칸에 들어오는 것은 가능해도 남성이 여성 칸에 들어가는 일은 금지된다. 그것은 함부로 침범하면 안 되는 경계이고 누구나 그런 경계를 지키며 살아간다.

나는 여성 칸으로 버스를 탔다가 한 남성의 지적으로 자리를 옮긴 적이 있다. 친구들이 모두 여성이라 외국인인 나를 배려해준 것이었지만, 개인적 상황이 예외가 될 순 없었다. 내게 자리를 옮기라고 말한 그에겐 나는 외국인이 아닌 지켜야 할 것을 지키지 않은 사람이었다. 누군가에겐 반드시 변하면 안 되는 일이 있는 것이다. 어떤 예외는 인정하면서 절대 인정 못하는 예. 모두 동의하면 그것은 사라지지만 한쪽이라도 동의하지 않으면 자주 문제가 생긴다. 한때는 여성과 남성이 두드리는 부분을 나눠 손님이 여성인지 남성인지 알 수 있게 만든 문까지 존재했었다고 하니……남녀를 구분하는 방식이 오랫동안 이곳을 지배해온 셈이다.

지하철을 기다리고 지하철을 타고, 버스에서 내리고 버스의 문을 찾을 때 테헤란의 여성과 남성은 헤어진다. 여성들은 남성 칸에 출입할 수 있지만 여전히 조심스러워 한다. 게다가 승객이 꽉 차면 남녀가 한 공간에 타지 못한 채 서로 반대편이 되어 한쪽에 파묻힌다. 함께 있던 사람들이 내려야 할 곳을 약속한 뒤 분리된 시선을 마주하기도 한다. 엄격함이 막은 것은 공간이지만 엄격함이 바라는 건 위반을 두려워하는 태도일까? 선과 벽이 규칙이 되어 익숙해져버린 시간들. 그러나 긍정적인 면도 있다. 테헤란은 교통 체증이 심하다. 차와 오토바이가 넘쳐난다. 때문에 대중교

지하철 여성 전용 칸. 'Women Only'라는 표시가 보인다.

남녀 칸을 구분하는 지하철 내부의 벽.

벽을 사이에 두고 이란 남녀가 이야기를 나누고 있다.

때가 되면 이란

통을 이용하는 사람들이 많고 버스와 지하철은 자주 붐빈다. 출퇴근 시간에 타면 힘들게 끼여서 가야 한다. 그럴 땐 나누어진 공간이 좋은 역할을 한다. 불쾌한 접촉을 막아주기 때문이다. 만원 버스와 지하철에는 나쁜 마음을 먹는 자들이 꼭 있다. 틈이 없는 걸 가장하면서 그 틈을 이용해 누군가를 만지려 하는.

엄격한 선과 벽이 있지만 테헤란 사람들은 어디에서나 정답게 대화한다. 어떤 연인은 서로 손을 잡은 채 걷고, 어떤 연인은 지하철이나 버스가 답답해 택시 뒷자리에 나란히 앉아 눈을 맞춘다. 지하철 남성 칸에 함께 타는 연인도 보인다. 그러지 못할 경우엔 따로 승차한 뒤 벽을 사이에 두고 가까이서 상대를 바라본다. 그들 사이엔 이미 선과 벽이 없다. 경직된 말투와 행동의 다른 편에서, 환하게 빛나는 번화가에서, 어둑하게 숨쉬는 골목에서, 모두 함께 걷고 모두 함께 생활한다. 선과 벽이 언제나 그들을 가두는 건 아니다.

한 가지로 이해할 수 없다. 한 가지로 이해하는 일은 위험하다. 처음 본 상황이 낯설다고 해서 내게 생긴 의문을 상대에게 설득하려 한다면 나 역시 선을 긋고 벽을 세우는 꼴이 된다. 내가 이들의 일상에 불쑥 끼어든 것이므로 나는 이들의 일상에 번지기 쉬운 색깔일 수 있다. 다만, 오랫동안 굳어버린 제약이 다른 제약을 만들거나, 제약 자체로 권위를 가져버릴수록 모두가 공평해지기 힘들어진다. 여성을 보호하고 남녀의 신체 접촉을 금지한다는 목적이 여성의 결정권을 무시한 채 '순결성'이라는 남성 중심적 사고에서 기원한 것이라면 선과 벽은 정말 위험하고 편협한 경계이다. 정부에선 여성들을 '보호'한다는 주장을 내세우고 있으나 이란 여성의 지위는 남성보다 여전히 낮다. 그래서 선과 벽이 존재하는 지하철과 버스는 테헤란의 일부분에 지나지 않으면서도 어쩌면 아주 큰 부분을 차지할지도 모른다.

사람들이 편안하게 모여드는 공동의 장소, 예를 들면 광장에서 우리는 서로 차이를 가지지 않는다. 그래서 누군가는 광장에 서서 자신의 상황을 자신의 목소리로 내보낸다. 모두 동등하다고 생각했는데 여성이기 때문에, 소수이기 때문에, 국가가 아닌 개인이기 때문에 어느 순간 구분되고 오인된 이들. 한쪽에서 다른 쪽으로 밀려난 이들. 한쪽이 기준을 만들어 다른 쪽의 가치를 무너뜨리는 경우를 우리는 자주 목격해왔다. 선과 벽으로 타인을 외면하는 사람들 때문에 광장은 하루도 침묵하지 않는다.

테헤란의 지상에서는 버스가 달린다. 테헤란의 지하에서는 지하철이 달린다. 한쪽과 다른 쪽이 마주한 채 어딘가로 가고 있다. 세상에는 둘로 나눌 수 있는 것들이 참 많다. 둘로 구분하기 쉬운 선과 벽도 참 많다. 나는 내가 그은 선과 내가 세운 벽을 의심해본다. 내가 넘지 않으려는 선과 내가 무너뜨리지 않으려는 벽을 짚어본다. 혐의와 부끄러움이 얼굴을 내밀기 시작한다. 그러나 둘로 나눠서는 안 될 일들이 있다. 둘로는 모자란 마음들이 있다. 둘이라는 숫자는 자신 이외에 결코 아무것도 믿지 않는다. 우리가 숫자와 경계를 너무 믿고 있을 뿐이다.

바르바리

매일매일 빵

나는 테헤란에서 석 달 동안 머문다. 정확히는 90일. 아주 긴 기간은 아니지만 여행으로 시작해 생활의 문턱을 알아야 지낼 수 있는 시간이다. 석달 동안 꾸준히 여행자의 마음으로 산다면 쉽게 지쳐버리겠지. 무엇이든 좀더 보고 느껴야 한다는 욕심이 밀려올 것이다. 그래서 매일매일 맛있는 음식만 골라서 먹을 수 없고 매일매일 유명한 식당만 찾아갈 수는 없다. 결국 내가 할 수 있는 일은 최대한 빨리 이란의 '주식'에 적응하는 일이다. 주식에 적응하면 뭘 먹어야 할지 크게 걱정하지 않아도 된다. 멍하게 있다가 배가 고프면 주식을 먹으면 되고, 딱히 먹고 싶은 게 없어도 주식을 먹으면 된다. 가끔은 어떤 선택에 매달려 다른 일을 하지 못하는 경우가 있으니까.

이란의 주식 중 하나는 '넌ᴺᵃⁿ', 그러니까 빵이다. 이란인들은 여러 가지 빵을 여러 가지 방식으로 즐긴다. 내가 테헤란에 와서 처음 먹은 음식이 빵이고 내가 아침마다 호스텔에서 먹는 음식도 빵이다. 어디서든 갓 구운 빵을 파는 가게를 쉽게 발견할 수 있다. 때가 되면 빵집 앞에는 손님들이 길게 줄을 선다. 한꺼번에 많은 빵을 구입해 가거나 빵을 든 채 거리를 걷는 이들 또한 많다. 값이 싼데다 먹기 편해서, 점심시간이면 여기저기에서 빵으로 만든 요리를 찾는 사람들로 붐빈다. 빵은 그 자체로 한 끼 식사가 되면서 다른 음식에 곁들이기 좋은 음식이 되는 것이다.

테헤란에서 내가 자주 먹는 빵은 '바르바리بربری'이다. 바르바리는 이란 동쪽 국경에 사는 아프가니스탄인을 가리키는 말인데, 그들이 먹는 빵이 이란에 퍼지면서 빵 이름 역시 바르바리가 됐다고 한다. 바르바리는 이란 영화에 자주 등장한다. 우리에게 익숙한 마지드 마지디Majid Majidi 감독의 영화 〈천국의 아이들〉에서도 오빠 알리가 동생 자라의 구두를 수선한 뒤 빵집에 들러 바르바리를 사 가는 장면이 나온다. 이 빵이 매력적인 이유는 찰떡이랑 비슷한 질감 때문이다. 쫀득쫀득하다. 게다가 깨가 뿌려진 바르바리는 씹을수록 고소한 맛이 난다. 이란에선 빵에 채소나 고기, 쌀밥을 곁들여서 먹지만 바르바리는 그냥 먹어도 되고 버터나 치즈를 발라 먹어도 된다. 아주 크면서 가격이 싸다. 하나에 한국 돈으로 300원이 조금 넘는다. 그러니까 호스텔 아침식사로 나오는 거겠지.

나는 아침식사로 바르바리를 먹고 점심과 저녁은 주로 동네 식당에 가서 밥을 먹는다. 아시안 푸드를 파는 마트와 한식당이 테헤란에 있다고

바르바리. 이란인이 주식으로 먹는 빵이다.

테헤란에 머무는 동안 나는 아침마다 바르바리를 먹었다. 홍차와 곁들이면 더 맛있다.

들었지만 숙소에서 멀어서 아직까지 가보지는 못했다. 이곳에 올 때 짐이 많은 게 싫어 패기 넘치게 한국 음식을 챙기지 않았다. 일단 적응하면 괜찮아질 거라 생각했다. 그런데 며칠 전 중국인 부부가 숙소 로비에서 한국 라면을 끓여 먹는 걸 보고 결심이 흔들리기 시작했다. 면보다는 얼큰한 국물이 눈에 확 들어왔다. (사실 그 부부를 마주친 뒤 머릿속에서 라면이 떠나지 않았다. 벌써부터 이러면 곤란한데……) 그럼에도 빵을 좋아하는 사람이라면 테헤란은 아마 천국일 것이다. 바르바리 외에도 어마어마한 빵들이 식욕을 자극한다.

자신이 집에서 멀리 떨어져 있다고 느끼는 순간 중 하나는 맛을 그리워할 때다. 감각은 좀처럼 거짓말을 하지 않는다. 특히 입맛은 지나치게 정직해서 누군가는 낯선 음식 때문에 매번 고생을 한다. 며칠 괜찮은 것 같았는데 다시 돌아오거나 갑자기 튀어나와 끈질기게 몸을 괴롭히는 감각. 그건 단순히 무엇을 먹고 싶다는 욕구가 아니라 타지에서 친근한 자신을 찾으려는 자연스러운 대화일 것이다. 이질감에서 벗어나 천천히 적응하려는 면역력. 그래서 '거기 음식은 괜찮니?'라는 걱정은 '거기 지낼 만하니?'라는 안부와 같은 문장처럼 다가온다. 입에 맞고 맛있는 음식은 사람에게 넓은 품을 만들어준다.

바르바리를 즐기긴 하지만 케밥을 파는 식당이 보이면 나는 기쁘게 그곳에 들어간다. 양고기나 닭고기를 밥과 함께 먹는 이곳의 케밥은 빵이 채울 수 없는 따뜻함을 내게 건네준다. 어쩔 수 없구나, 나도! 그러나 바르바리는 정말 싸고 간단한 음식이다. 언제나 쉽게 찾을 수 있다는 게 큰 위로가 된다. 주식에 적응한다는 건 지나친 포부일 테고 이국 음식에 대한 두려움을 찰떡과 질감이 비슷한 바르바리로 지우고 있는 건지 모르겠다. 어딜 가더라도 내게 쌓인 감각을 찾는다. 어디서나 그런 감각으로 모자란 부분을 채우게 된다.

바르바리를 입구에 걸어놓고 장사를 하는 빵집.

때가 되면 이란

비데 호스

이슬람식 화장실 이용법

아무리 준비한다고 해도 완벽하게 준비하기 힘든 일이 있다. 특히 외국에서는. 물건을 빠뜨렸다면 잠시 불편함을 받아들이면 되고, 가게 이름을 까먹었다면 누군가에게 물어보면 된다. 그런데 이런 문제들과는 차원이 다른 문제가 바로 생리 현상이다. 화장실이 급한데 무작정 참는 건 힘들다. 게다가 근처에 화장실이 없으면 더욱 난감하다. 준비하겠다고, 미리 속을 깨끗이 비우겠다고 다짐해봤자 소용없다. 언제든 상황은 닥칠 수 있다. 내가 아는 어떤 소설가는 배가 아플 때마다 화장실이 가까이 있는 게 자신의 가장 큰 복이라고 말했다. 화장실 문제로 고통을 겪지 않아서 지금까지 행복했다고. 그 다급함, 그 곤란함은 사람을 지옥에 빠뜨리니까. 나는 그의 '가장 큰 복'이 무척이나 부럽다.

한국의 화장실은 정말 편리하다. 깨끗하고, 쉽게 눈에 띄고, 돈을 받지 않으니. 반면 테헤란에선 화장실이 엄청 멀게 느껴진다. 공용 화장실이 드물고 지하철역에도 화장실이 없다. 돈을 받는 곳이 있으며, 휴지가 구비되지 않은 곳이 대다수다. 남녀 구분이 페르시아어로 표시된 화장실에서는 어느 쪽으로 들어가야 할지 몰라 문 앞에서 멀뚱멀뚱 기다리는 상황까지 생긴다. 또, 양변기보다 쪼그리고 앉는 변기가 훨씬 많다. 변기는 앞이 볼록하게 뛰어나온 변기가 아니라 앞뒤가 다 뚫린, 길쭉한 원형으로 파인 변기다. 아마 오랫동안 이런 화장실을 써온 듯하다. 어떻게 보면 테헤란의 화장실이 아쉬운 게 아니라 한국의 화장실이 유독 좋은 것 같다. 물론 여성들에게 제일 위험한 곳이 한국 화장실이란 사실을 제외한다면.

왜 자꾸 화장실 이야기를 하냐고 묻겠지만, 누구에게든 화장실은 정말 중요한 곳이다. 화장실이 여행의 절반 이상을 차지하기도 한다. 몸과 마음이 상통하는 장소인지라 숙소만큼 편해야 하는 것이다. 다행히 화장실은 어디든 형태와 이용법이 비슷하다. 다만 테헤란의 화장실에는 특이한 장치가 보인다. 변기 옆에 달린 기다란 '비데 호스'가 그것이다. 샤워기에서 머리 부분만 떼어낸 듯한 이 호스는 이란의 어느 화장실에 가더라도 다 있다. 주로 비데용으로 쓰고 재래식 화장실에선 내용물을 씻어내기 위해 사용한다. 청소를 할 때 이용하기도 한다. 외국인에겐 비데 호스가 특이한 소품으로 여겨질지 모르나 이란인에게는 없어서는 안 될 도구이다.

언제부턴가 화장실은 정형화된 장소가 되었다. 사는 곳과 사는 방식이 달라도 화장실은 일정한 틀을 유지한다. 처음부터 그랬던 건 아닐 테지만, 변기와 세면대와 타일은 전부 모양과 색깔이 비슷하다. 매번 그려지는 화장실 모습이 있다. 하지만 그런 모습을 벗어난 채 내게 다가온 물건이 바로 비데 호스였다. 이란인들은 호스에서 나오는 물로 밑을 씻기 때문에 화장실에 휴지가 없다는 사실도 뒤늦게 알았다. 휴지보다는 물을 더 믿는 것이다. 이란을 포함한 이슬람 문화권에는 이런 화장실이 많다고 한다. 기도할 때 몸의 정결을 유지하기 위한 방법일 것이다. 소변기가 드문 이유 역시 앉아서 볼일을 봐야 깨끗하다는 인식 때문이라고.

밖에서 시작했다가 안으로 들어오게 된, 쪼그려야 했다가 앉을 수 있게 된, 세상 모든 화장실의 역사는 거의 비슷하다. 그래서 우리는 화장실에 대해 잘 알고 있다. 가끔은 엄격하게 살펴보고, 가끔은 최상을 원한다. 매일 들르는 곳이자 없어서는 안 될 곳이니까. 위생과 건강까지 연결된 곳이니까. 오래된 화장실이나 새로 만들 화장실의 비교 대상은 언제나 깨끗하고 편안한 화장실, 우리가 다 아는 '그런' 화장실이다. 이 기대감 때문에 비데 호스는 내게 더욱 낯설게 느껴진다. 한편 이란의 식당에 가면 화장실을 가지 않더라도 실내에 놓인 세면대에서 손을 씻는 게 가능하다. 비데 호스의 물은 세면대의 물처럼 몸을 씻는 수단을 넘어 몸을 대하는 이란인들의 마음까지 엿볼 수 있게 한다.

얼마 전 나는 외출을 했다가 화장실 때문에 급하게 숙소로 돌아온 적이 있다. 갑자기 속이 부글부글 끓기 시작했지만 공용 화장실은 주변에 없었고, 하필이면 주택가여서 가게를 찾기도 어려웠다. 그때 내 머릿속을 스

비데 호스. 샤워기와 비슷하게 생겼지만 비데
용으로 사용하는 호스이다. 테헤란의 모든 화
장실에는 휴지 대신 비데 호스가 있다.

친 건 호스도 휴지도 아닌 오직 화장실이었다. 화장실에 가야 한다는 '간
절함'이 화장실이 가져야 할 기준과 조건을 모조리 무너뜨렸다. 한국과
이란의 구분 따위는 보이지 않았다. 그 소설가가 나 같은 일을 겪었다면
화장실을 빨리 찾았을까? 내가 부러워하는 그의 복은 언제까지 이어질까?
지금은 이런저런 가정을 해보지만 그 순간만은 숙소에 도착해 화장실로
들어갈 수 있다는 상황 자체가 행복이었다. 호스를 쓰든 휴지를 쓰든, 일
단 화장실이 존재해야 우리는 안심한다. 그래서 화장실은 고마운 곳이다.
다만, 테헤란에 있는 동안 고통스러운 일이 일어나지 않도록 근처에 언제
나 화장실이 있기를 기도할 뿐이다.

외제 차

도우르 도우르

내가 머무는 호스텔은 멜랏Mellat 역 바로 앞에 있다. 근처엔 여행자를 위한 값싼 호스텔과 호텔이 즐비하다. 멜랏 역을 사이에 두고 위아래로 위치한 사아디sa'adi 역과 이맘 호메이니Imam Khomeini 역 주변은 크고 작은 상점들이 밀집한 탓에 온종일 사람들로 붐빈다. 테헤란의 거의 중앙에 위치한 이 지역들은 오래된 시가지이다. 반면 바낙 광장Vanak Square을 기점으로 한 테헤란 북쪽 지역은 집값이 비싸고 화려한 건물이 가득한 신시가지이다. 기반 시설과 치안 또한 좋아서 외국인과 부유층은 대개 북부에 산다. 그러나 구시가지에 살든 신시가지에 살든, 테헤란 사람이라면 누구나 지켜야 하는 게 있다. 바로 '법'이다.

이란에는 금지된 게 참 많다. 해서는 안 될 일만 외우는 데에 한참이 걸린다. 남녀 간의 신체 접촉 금지는 물론, 술을 마셔도 안 되며 차단된 사이트에 접속해도 안 된다. 현란한 노래와 춤 역시 금지된다. 특히 여성은 몸이 지나치게 드러난 옷을 입으면 안 되고 공개적으로 가요를 부르면 안 된다. 축구장 같은 경기장에 가서도 안 된다. (이란에선 여성의 제약이 정말 심하다.) 이곳에 도착한 뒤 내가 처음으로 받은 문자 또한 외교부의 경고 문자였다. "남성 반바지 착용 및 여성 신체 노출 금지, 주류 반입 및 무단 촬영 금지, 선교 금지" 그 문자를 본 순간 나는 여기가 테헤란이라는 사실을 확실하게 깨달을 수 있었다. (문자는 내가 테헤란에 머무는 내내 정기적으로 날아왔다.) 그래, 잘 지켜야지! 이란은 한국과 다르니까. 결심하고 또 결심했다. 그러나 가장 힘든 점은 역시 술을 파는 가게나 술을 마실 수 있는 술집이 없다는 사실이다. 출국 전부터 테헤란에 오는 걸 몇백 번이나 망설인 이유도 술 때문이었다. 술 없는 일상을 생각하기조차 싫었다. 출국하는 날까지 깊은 고민을 떨쳐버릴 수 없었다. 어쨌든 지금까진 잘 참고 있으나 앞으로 참아야 한다는 게 더 큰 문제다. 결국 나는 술이 그리울까봐 스스로 '술'이란 단어를 쓰는 걸 금지하기로 했다. 익숙하지 않은 금지 때문에 다른 금지를 만들고 만 것이다.

이런 금지 사항들이 쉽게 사라지긴 힘들 것 같다. 어제는 영어 프린팅이 심하게 찍힌 티셔츠를 입으면 안 된다는 또하나의 법이 이란에 공표됐다는 소식을 듣기도 했으니까(어느 여성복에 찍힌 영어 문장이 문제가 되어 시행된 이 법은 그 여성복을 판 상점들이 처벌을 받고 나서야 결국 일단락되었다). 이란은 정복이나 사복을 입은 '종교 경찰'과 '도덕 경찰'이 도심을 순찰한다. 법을 위반하면 경고를 받거나 벌금을 내고 심하면 재판장까지 가

테헤란 북부. 화려한 건물이 가득하고 집값이 비싼 북부에는 주로 부유층이 산다. 최근에는 외국인 관광객을 위한 대형 호텔이 들어서고 있다.

이란에서는 공식적으로 남녀의 신체 접촉이 금지되었다. 그러나 연인들이 손을 잡고 걷는 모습을 거리에서 자주 볼 수 있다.

야 한다. 그런데 막상 테헤란에서 지내다보면 아주 갑갑한 도시라는 생각은 들지 않는다. 이란인들은 집에서 담근 술이나 몰래 유통되는 술을 마신다. 차단된 사이트를 해제해 접속하고, 이란 여성이 녹음한 노래를 어디서든 즐겁게 듣는다. 들키지 않는 범위에서 이런 일들을 꽤 많은 사람들이 누린다. 느슨한 분위기가 이어지거나 경계가 필요할 때 정부가 '본보기'를 만들어 처벌하는 경우가 있지만 일상 속에서 항상 단속이 엄격하게 이뤄지진 않는다. (그렇다고 방심하면 위험해진다!) 반면 종교적 관습 때문인지 곧바로 눈에 띄기 때문인지 몰라도, 이란인들은 복장 규정은 잘 지킨다.

테헤란에선 부자들이 훨씬 더 자유롭다. 그들은 몰래 파티를 열어 유흥을 즐기거나 이란과 외국을 오가며 금지로부터 탈출한다. 그 사실을 모르는 사람들은 없다. 부자들이 하는 행동은 언제든 빠르게 들려오니까. 나는 테헤란 북부에서 '도우르 도우르دور نور' 하는 비싼 외제 차를 여러 번 본 적 있다. 도우르는 '회전'을 뜻하는 페르시아어인데 차를 타고 돌고 돌면서 함께 즐길 이성을 찾는 행동을 빗댄 말이다. 차 값이 비싼 이란에서는 중고차를 사거나 차를 수리해서 오랫동안 타는 게 일반적이다. 하지만 이런 상황과 상관없이 부자들은 외제 차를 몰며 밤마다 도우르 도우르를 하고 있다.

도우르 도우르가 적발되면 당연히 처벌을 받는다. 그런데 부자들은 단속과 참견을 별로 두려워하지 않는다. 어디선가 본 방식이고 어디선가 본 광경이다. 테헤란엔 대다수가 하는 위반이 존재하면서 일부만 할 수 있는 위반이 따로 존재하는 것이다. 그건 거의 돈이나 권력과 연관된다. 밀매되는 술은 비싼 편인데 돈이 많으면 그걸 자주 살 수 있다. 돈이 많으면 당연히 비싼 차를 탈 수 있고 돈이 많으면 화려한 파티를 열 수 있다. 또 권력을 이용해 처벌을 약하게 만들거나 혐의를 지울 수 있다. 이곳의 부자들은 대체로 종교계와 정치계에 관련된 지배층이기 때문이다.

금지와 위반에 익숙해지면 테헤란이 조금씩 보이기 시작한다. 해서는 안 될 일 때문에 하고 싶은 일이 늘어나고, 또 거기에서 사람들은 생활을 찾는다. 정부는 국민들의 불만과 불평을 조절하기 위해 어느 정도 위반을 묵인한다. 금지와 위반이 서로 마주한다. 꾸준히 상대를 지켜보며 꾸준히 자신의 위치를 드러낸다. 누군가가 위반을 하고 누군가는 위반에 동의하면서 점점 힘을 모아간다. 감시를 피한다. 때론 금지가 더 강해진다. 다른 나라와 마찬가지로 돈과 권력을 가져야만 할 수 있는 일도 몸을 키운다. 외제 차가 반드시 나쁜 건 아니다. 지배층이 반드시 타락한 건 아니다. 다만, 돈과 권력으로 잘못을 무마하려는 상황이 자주 보인다는 게 문제다. 낯선 곳에서 일어나는 이런 방식이 자신이 살아온 곳에서 일어나는 그것과 같다고 느낄 때 오는 쓸쓸한 동질감이 있다. 나는 여행지를 걷는 동안 자주 그걸 깨닫는다.

표지판

이슬람 혁명의 전과 후

테헤란에서 나는 몇 번이나 길을 헤맸다. 한눈을 팔다가 다른 길로 들어서기도 했고 큰길에만 집중하다가 작은 길을 놓치기도 했다. 그때마다 나를 안심시킨 게 거리의 이름을 알려주는 '표지판'이었다. 테헤란엔 페르시아어와 영어를 함께 적은 표지판이 곳곳에 잘 설치돼 있다. 골목에서부터 대로, 공원, 기념물까지 표지판이 없는 곳은 드물다. 덕분에 지도를 보고 가면 웬만한 길은 쉽게 찾는다. 이름이 아주 낯설고 발음까지 어렵지만 영어 표기를 천천히 들여다보면 내가 가야 할 길이 이내 눈에 들어오곤 한다.

언젠가 나는 이란의 1970년대 모습이 담긴 사진들을 본 적이 있다. 자유로운 복장으로 해변에서 술을 즐기는 친구들, 거리를 다정하게 활보하는 연인들. 그 사진들은 1979년 '이슬람 혁명'이 일어나기 전의 것들이었다. 팔레비Pahlevi 왕조가 이끄는 왕국이 이슬람 혁명으로 무너지자 이란은 '이란이슬람공화국'으로 국명을 바꾸고 여러 정책들을 종교적인 해석과 관점으로 재배치하기 시작했다. 전통적으로 왕조를 중심으로 운영되던 국가 체제가 완전히 해체된 것이다. 테헤란의 거리, 공원, 명소의 이름은 혁명이나 종교와 관련된 것들이 많은데, 이슬람 혁명 이후에 새로 붙여진 것들이 다수라 한다. 페르시아 건국 2,500년을 맞이하며 '왕'을 기념하기 위해 세운 샤야드 타워Shayad Tower 또한 혁명 후에는 '자유'를 뜻하는 아자디 타워Azadi Tower로 이름이 바뀌었다. 왕정을 탈피한 결과를 자유라는 단어로 대변한 것이다. 그래서 이란인들은 세대 자체를 혁명 전 세대와 혁명 후 세대로 나누는가 하면 어떤 장소를 혁명 전의 이름과 혁명 후의 이름으로 구분하기도 한다.

혁명의 중심 세력이었던 호메이니Khomeini와 지금의 최고 지도자인 하메네이Khamenei의 사진은 테헤란 어디에나 걸려 있다. 숙소 근처에 자리한 이맘 호메이니 역과 이맘 호메이니 모스크만 봐도 이란에서 호메이니가 어떤 존재로 위치하는지, 또 호메이니를 어떤 식으로 위치시키려 하는지 잘 알 수 있다. 어쨌든 이슬람 혁명은 시민이 자발적으로 참여한 혁명이다. 지금의 이란 역시 이슬람 혁명 이후부터 새롭게 중심을 다져온 나라이다. 그래서 이슬람 혁명이 대화의 주제가 되면 나는 말을 많이 하지 않는다. 정치와 사회적인 함의가 복잡한 다른 나라의 역사에 내 입장을 구체적으로 드러내는 건 어려운 일이니까.

그럼에도 테헤란 거리를 지날 때면 내가 태어난 1979년, 이슬람 혁명이

'자유'를 뜻하는 아자디 타워. 혁명이 일어나기 전에는 '왕'을 기념하는 샤야드 타워였다.

하메네이와 호메이니의 사진이 걸린 지하철역.

벽에 붙은 표지판(좌)과 기둥 형태의 표지판(우). 테헤란에는 길을 알려주는 표지판이 곳곳에 설치되어 있다.

때가 되면 이란

아주 작은 골목이라도 표지판이 붙어 있어 길을 찾기가 쉽다. 페르시아어와 영어가 함께 표기된 골목 이름이 보인다.

일어나기 전의 이란 사회는 어땠는지 궁금해진다. 단지 제약 없는 복장이나 술이 허용된 시기라서가 아니라 그때의 사람들은 이란을 어떻게 바라봤는지, 낯선 사람과 어떤 대화를 나눴는지, 어떤 꿈을 가지고 살았는지 관심이 생기는 것이다. 하지만 '예전과 지금이 다른가요?'라고 묻는 건 혁명을 판단하는 행동처럼 비칠 수 있다. 이란인들의 가치관과 종교관은 나와 차이가 많다. 역사를 제대로 알지 못한 채 내 호기심을 채우는 편협함을 내세울 수는 없다. 무엇보다 이란인들 역시 이런 주제를 경계한다. 예민한 문제이기 때문이다. 그들은 혁명을 경험했거나 배우고 있고, 혁명 이후의 법 안에서 살아간다. 이슬람 정권이 팔레비 왕조의 역사를 바라보고 교육하는 방식 안엔 지금의 이란이 존재하는 방식이 개입해 있다. 질문과 대답이 다양할수록 역사를 바라보는 관점과 해석이 풍부해지겠지만, 이란의 지배층과 정치권은 그들만의 시각으로 국민들을 단합시키려 한다. 국정 교과서를 만들려는 나라에 사는 사람이라 그런지, 요즘은 이런 게 눈에 아주 잘 들어온다.

이슬람 혁명 이후에도 이란인들은 다툼이 심했다. 결코 완전해질 수 없는 표정과 주장이 섞였을 것이며, 혁명 이전을 기억하려는 사람들과 혁명에서부터 시작하려는 사람들이 서로를 겨눴을 것이다. 몇 년 전엔 현재의 상황에 반기를 든 이들이 처형당하는 사건까지 있었다. 잘 정리된 넓은 거리. 사람들이 잠든 집을 감싸주는 골목. 누구나 쉽게 쉴 수 있는 공원과 건물. 지금 테헤란에서 내가 보고 또 걷는 곳들의 이름을 떠올리면 표지판 하나하나가 함부로 보이지 않는 이유가 여기에 있다. 개명은 새로운 이름을 내세우려는 의지이면서 이전에 새겨진 의미를 지워버리려는 시도니까. 자유를 기념하는 아자디 타워는 왕조를 기념하는 샤야드 타워의 역사를 가린 채 테헤란에 우뚝 솟아 있다.

그러나 정치인과 부유층을 불신하는 이들을 나는 테헤란에서 자주 만난다. 그들은 기득권만 잘살게 하고 기득권을 보호하는 정책에 반대한다. 종교가 소수의 안위를 위한, 또 다수를 통치하기 위한 무기로 이용된다고 비판하면서, 국가로부터 많은 국민들이 소외된 현실을 걱정한다. 이슬람 혁명이 가진 최초의 목적이 퇴색했다고 바라보는 것이다. 더 화려하고, 더 웅장한 모스크들이 끊임없이 탄생하는 동안 거리엔 돈이 없어 빈손을 내미는 이들이 있다. 돈이 되는 걸 찾으려고 쓰레기통을 뒤지는 이들이 있다. 그런 광경을 볼 때마다 나는 종교가 무엇을 위해 존재하는지, 신앙의 형식이 무엇을 증명하는지 생각해본다.

자유는 여러 가지 의미를 지닐 것이다. 모든 의미를 포괄할 수 없을지라도 모든 의미를 들여다보려는 의지가 자유라는 말 안에서 움직인다. 희미해진 이름으로 추억을 지니려는 사람과 새 이름으로 추억을 새기는 사람과 새 이름을 의심하고 있는 사람, 그리고 두 개의 이름을 함께 짊어진 사람이 아자디 타워 앞에서 만난다면 어떤 광경이 펼쳐질까? 아마 내가 모르는 사이에 그들은 거기에서 우연히 마주쳤거나 때로는 모르는 척하면서 지나쳤을 것이다. 각자가 가지고 싶은 이름을 감춘 채, 각자의 입장으로 흩어지면서.

택시

'턱시'가 무서워서

테헤란 공기는 정말 나쁘다. 밖에 나가면 매연이 코를 막는다. 숙소에서도 마음껏 문을 열어놓기 힘들다. 매연을 씻어줄 비마저 적게 내린다. 대기 오염이 심할 땐 휴교령이 내려질 정도라 하니. 엄청난 양의 자동차와 오토바이 때문에 도로는 언제나 막히고 도로 위에는 온갖 것들이 뒤섞인다. 보행 신호등이 있어도 지키는 사람이 드물며, 중앙선이 있어도 크게 의미가 없다. 테헤란 사람들은 그래서 북부를 선호한다. 북부는 가지런한 도로, 잘 가꿔진 조경 때문에 남쪽보다 안전하고 공기가 깨끗하다. 게다가 알보르즈Alborz 산맥 바로 아래에 있어서 지대가 높고 조용하다. 멜랏 역의 지독한 소음과 매연에 시달릴 때마다 나는 북부로 가고 싶다는 생각을 한다. 하지만 북부에 있는 호텔은 비싸다. 형편이 안 되니 멜랏 역에 계속 머무를 수밖에 없다.

46

멜랏 역 앞에 뒤얽힌 택시들. 노란색, 연두색 승용차와 연두색 승합차 모두 택시이다. 테헤란에는 자가용으로 택시 영업을 하는 이들도 많다.

사아디 역 앞에 멈춰선 택시. 테헤란 거리에서 손을 들면 가장 먼저 다가오는 것이 택시이다.

테헤란의 자동차 중 '택시'는 단연 문제적이다. 아, 택시! 나는 택시에 대해 할말이 참 많다. 누군가 '택시 지침서'를 만들었더라면 상황이 조금 나았을지 모른다. 테헤란에는 가지각색의 택시가 도로를 누빈다. 거리에서 잡아서 타거나 전화로 불러서 타는 택시가 일반적이지만, 정해진 목적지까지 여러 사람이 함께 타고 가는 합승 택시와 일정한 구간을 왕복하는 승합차 택시도 있다. 또 택시 간판을 달고 운행하는 택시가 있고, 간판 없이 운행하는 택시가 있다. 다른 직업을 가진 사람들까지 돈을 더 벌기 위해 승용차와 오토바이로 택시 영업을 한다. 거리에 가만히 서 있으면 그들이 다가와 어디까지 가냐고 물어본다. (테헤란에는 생계를 위해 두세 가지 일을 병행하는 이들이 많다.) 모든 승용차와 오토바이가 곧바로 택시가 되는 도시가 바로 테헤란이다. 이런 택시들을 각각 다르게 부르는데, 너무 복잡해서 나는 그것들은 모조리 잊어버리고 말았다. 그냥 전부 '턱시سی'로 기억한다. 손을 들면 멈추는 자동차를 턱시로 생각하면 된다.

테헤란 택시는 미터기를 이용하지 않는다. 구간에 따라 정해진 요금이나 흥정한 요금으로 계산을 한다. 에어컨을 틀어달라고 하면 돈을 더 받는 택시까지 있다. 혼자 타면 혼자 탔기 때문에 돈을 더 달라고 하고, 여럿이 타면 여럿이 탔기 때문에 돈을 더 달라고 한다. 요금이 오르는 이유가 다양하며 요금이 오르는 이유는 수시로 바뀐다. 그래서 택시 요금을 계산하는 게 제일 어렵다. 요금 때문에 싸움도 자주 일어난다. 가끔은 타기 전에 협상한 요금과 내릴 때 내는 요금이 달라지는 경우가 있다. 나도 한 번 당했다. 분명히 요금을 정하고 택시를 탔는데 터무니없는 돈을 강요하는 기사의 눈빛과 손은 아주 당당하고 무서웠다. 어이가 없어 따졌으나 영어가 안 통하니 소용없었다. (영어를 할 줄 알면서 일부러 모르는 척한 건 아니었겠지?) 만약 내가 페르시아어를 할 줄 알았다면 '장난하니? 내가 요금 모르는 줄 알지?'라고 시원하게 말하고 싶었다. 외국인에게 제일 먼저 다가오는 게 택시지만 제일 매정하게 구는 것 역시 택시다. 그나마 가장 안전하고 믿을 수 있는 건 콜택시다. 숙소 직원이나 현지인에게 콜택시를 부탁해 요금을 확실하게 알고 타면 좋다. 과정이 좀 복잡하긴 해도 택시 전용 어플리케이션을 이용하는 것도 좋은 방법이다.

테헤란은 한국에 비해 택시비가 싼 편이지만, 이곳 물가를 고려한다면 반드시 싸다고만 할 수는 없다. 그래서 합승 택시가 많다. 처음엔 싼 요금 때문에 택시를 왕왕 이용했다. 거리의 풍경을 천천히 감상하면서 편안하게 이동하기 위해서였다. 그러나 테헤란 택시에서 그런 낭만은 불가능하다. 도로를 마구 달리며 끼어들기와 중앙선 침범을 반복한다. 경적을 엄청나게 울려댄다. 사람들이 불쑥 길을 건너면 급브레이크를 밟는다. 무언가 생각할 틈을 안 준다. 생각하려 해도 사고가 날까봐 신경이 온통 전방으로 향한다. 내리고 나면 무사히 온 게 감사할 따름이다. 운전을 안 했는데 운전을 한 것 같은 피로가 몰려온다.

자칫 기사가 지리를 모르면 낭패를 보기도 한다. 돌고 돌아서 다른 곳으로 자꾸 달린다. 내비게이션을 설치한 택시가 드물어서 기사는 다른 기사나 행인에게 길을 자주 묻는다. 시간이 오래 걸리더라도 목적지에 도착하면 그나마 다행이다. 지난주에는 택시가 나를 엉뚱한 곳에 내려주었다. 그것도 내가 전혀 모르는 곳에. 지나가던 오토바이를 얻어 타고 겨우 약속 장소에 도착했지만 오토바이는 택시보다 더 위험했다. 헬멧은 당연히 없었다. 게다가 날 태워준 아저씨는 앞을 보지 않았다. 자꾸 나한테 말을 걸면서 운전을 했다. 무서웠다. 어쩌자고 내가 이 오토바이를 탔을까? 나는 그의 허리를 꽉 잡았다. 테헤란에 온 뒤 처음으로 서럽고 슬픈 순간이었다.

만약 테헤란 택시가 미터기로 요금을 받는다면 나는 택시 타는 걸 주저할 것이다. 길이 심하게 막히면 가는 곳마다 요금이 비싸게 나올 테니. 더구나 테헤란은 출퇴근 시간이 되면 차가 움직이지 않는다. 그래서 기사들은 최대한 빨리 달려서 최대한 많은 돈을 벌려고 한다. 엄청난 택시의 수만큼 경쟁이 치열하다. 생계가 달린 문제니 조금은 이해가 된다. 신기한 건 그렇게 복잡한 도로인데도 차와 사람이 부딪치지 않고 잘 피해 다닌다는 것이다. 서로 피하는 게 이곳의 질서인 셈이다.

바가지요금, 난폭 운전, 불친절. 다른 지역에 있는 택시들 역시 테헤란 택시와 비슷하다. 외국인들은 이란에서 가장 싫은 것 중 하나가 '택시'라며 입을 모아 불평한다. 요즘 나는 기사가 요금을 높게 부르면 아예 택시를 타지 않는다. 그나마 지하철이 있어 다행이다. 승객이 많아 혼잡하고 전력 사정으로 갑자기 덜컹 멈추긴 해도 지하철만큼 편한 교통수단은 없는 것 같다. 테헤란에서 반드시 택시를 타야 한다면 목적지에서 가장 가

테헤란에서 만난 택시기사. 자신의 승용차로 영업을 하고 있었다.

까운 지하철역에 내린 뒤 택시로 환승하는 게 돈과 시간을 아끼는 방법이다. 근데 이런 방법을 알면서도 가끔 택시를 타게 되는 이유는 뭘까? 험하게 달리고 문제가 많은 테헤란 택시를. 어디에나 있고 어디로든 간다는 안도감 때문일까? 아니면 마음이 여러 곳으로 향할 때, 목적지만 정하고 경로를 생략하고 싶은 불안함 때문일까? 한곳에 머무는 시간이 길어질수록 생활이 익숙해질 때가 있다. 때론 다급해질 때가 있다. 테헤란의 거리에서 이런 안도와 불안이 교차할 때 나는 손을 들고 또 외칠지 모른다. 택시, 또는 턱시!

스프링클러

여름을 이기는 방법

멜랏 역과 이맘 호메이니 역에 여행자 숙소가 많은 이유는 이곳이 테헤란의 중심지이기 때문이다. 지금은 북부의 개발로 구도심처럼 보이긴 해도 근처를 걷다보면 유적지와 명소를 쉽게 찾을 수 있다. 국립 이란 박물관 National Museum of Iran, 우편 박물관Post Museum, 이란 과학 기술 박물관Iran Science and Technology museum을 비롯해 카자르 왕조가 살았던 골레스탄 궁전Golestan Palace, 테헤란에서 가장 큰 시장인 그랜드 바자르Grand Bazaar, 여기저기에 우뚝 솟아 있는 아름다운 모스크들, 그리고 이란 의회, 외무부, 대사관 같은 관공서들까지. 전부 걸어서 2~30분 이내에 있다. 특히 이맘 호메이니 역에서 그랜드 바자르로 가는 길은 여행자와 현지인들이 자연스럽게 뒤섞이는 아주 번화한 거리다. 곳곳에 상점들과 볼거리가 있어 천천히 구경하며 걷기에 좋다.

테헤란은 사계절을 가진 도시다. 그러나 기온이 높아 한국과 같은 계절의 색은 볼 수 없다. 9월 초순의 테헤란은 여전히 여름이 진행중이고 평균 온도가 37도를 넘나들지만 건조한 기후 탓에 불쾌하다는 생각은 들지 않는다. 그늘에 있으면 시원하고 땀이 잘 마른다. 그래도 테헤란을 비추는 태양은 강렬하다. 이곳의 평균 해발이 1,220미터라 하니, 정수리에 닿는 열기는 따갑기까지 하다. (이란에는 산악 지형이 많다.) 더운 나라에 처음 와 본 나는 외출을 할 때마다 선글라스와 부채를 꼭 챙긴다. 큰 쇼핑몰이나 신축 건물이 아니면 에어컨이 줄기차게 나오는 곳이 드물고, 더위를 피할 곳은 나무 그늘과 지붕 아래밖에 없기 때문이다.

조금 부풀려서 말하면, 테헤란의 여름은 티셔츠 두 장만으로 버틸 수 있다. 아침에 빤 옷을 햇빛 잘 드는 곳에 걸어두면 오후에 다 마른다. 습도가 낮아 꿉꿉하지 않다. 비가 오는 날이 아주 드물어서 비를 맞을 걱정까지 없다. 이렇게 무더위가 매일 이어지는데 골레스탄 궁전 앞 코르다드 15번 가Panzdah-e-Khordad St.는 엄청난 인파로 붐빈다. 쇼핑을 하고 산책을 하는 이들의 열기가 여름과 합쳐진다. 그래서 사람들은 음료수를 달고 산다. 밥을 먹을 때도 쉴 때도 탄산음료와 주스를 마신다. 하지만 더위와 갈증은 쉽게 가시지 않는다. 그때 가장 반가운 게 공중에서 떠 있는 '스프링클러'이다.

긴 호스를 높이 매달아 물을 뿌리는 스프링클러! 그 아래를 지나가면 열기는 잦아든다. 이런 걸 누가 만들었을까? 여름의 테헤란에서 머리 위로

이란 중부의 작은 마을 카라낙Kharanaq. 이란엔 산맥이 많아서 해발이 높은 곳에 사람들이 산다.

때가 되면 이란

코르다드 15번가에 설치된 스프링클러. 40도를 넘나드는 무더위를 스프링클러 물줄기가 식혀준다.

왼쪽에 통풍기처럼 보이는 것이 에어컨 구멍이다. 이런 에어컨 구멍에서 미세한 바람이 나온다.

물을 맞을 일은 샤워할 때 빼곤 거의 없다. 이럴 줄 알았으면 한국에서 비라도 실컷 구경하고 올걸…… 나는 코르다드 15번가를 지날 때마다 스프링클러 아래에서 쉰다. 가로수가 울창해 그늘이 많은데다가 끊임없이 쏟아지는 물줄기까지 있으니, 테헤란의 여름은 그래도 버틸 만하다. 게다가 이 거리엔 차가 다닐 수 없어서 공기가 다른 곳보다 깨끗하다. 어떤 날엔 숙소에 머무는 것보다 코르다드 15번가에 앉아 있는 게 마음이 더 청량하다. 물은 사람을 돕기 위해 악기처럼 쓰는 것이지 사람을 쏘기 위해 무기처럼 쓰는 것이 아니다. 물은 사람과 함께하기 위해 온기로 안는 것이지 사람만 내세우기 위해 광기로 파헤치는 것이 아니다.

멜랏 역 인근 여행자 숙소는 주로 호스텔과 호텔로 구분된다. 호텔이라고 정말 호텔 같을 거라고 믿으면 곤란하다. 크고 화려한 호텔이 있는가 하면 배낭여행을 하거나 저렴한 비용으로 테헤란에 머물 사람들을 위한 소규모 호텔이 대다수다. 당연히 좋은 시설을 기대해선 안 된다. 통풍기처럼 생긴 에어컨 구멍이 냉방 시설의 전부다. 그마저도 프런트에서 작동해서 바람이 꾸준히 나오지 않는다. 매연이 심해 대낮엔 창문 열기가 두렵다. 한 가지 이상한 것은 테헤란에서 선풍기를 자주 보지 못했다는 사실이다. 이곳 사람들은 선풍기 없이 그냥 여름을 버티는 것 같다. 작은 에어컨 구멍과 그늘과 음료수에 의지해서.

아직 테헤란엔 스프링클러가 설치된 곳이 드물다. 공원이나 정원에 물을 주기 위해 설치된 스프링클러는 많아도 냉수용으로 설치된 것은 번듯한 건물 테라스나 큰 거리에서만 종종 볼 수 있다. 스프링클러가 늘어나면 더위도 피하고 비 오는 기분도 느낄 수 있을 텐데. 하지만 그건 내 욕심이겠지. 나는 여름을 시원하게 보내는 방법에만 적응해왔다. 에어컨과 선풍기와 시원한 커피가 없는 여름을 잊은 지 오래다. 매번 여름이 시작되기 전부터 준비하느라 바빴다. 더위를 이겨야 한다는 강박. 이기지 못하면 무조건 졌다는 강박. 그러나 테헤란 사람들은 내가 가진 걸 갖지 않은 채 여름을 보낸다. 아주 오랫동안 그래왔다는 듯이. 내 불평은 그들이 전혀 이해 못하는 불평일 수 있다. 시원함을 더 안다고 해서 여름을 잘 보낸 것인지, 여름을 미리 알아차린다고 해서 계절을 이긴 것인지. 나는 내 마음대로 한 계절을 계획하며 살아왔다.

테헤란에서 가장 어려운 건 사람들의 생활에 끼어드는 일이다. 인상적인 장면을 목격했을 때 잠깐 구경을 하거나 사진을 찍기가 망설여진다. 그들에겐 일상적인 모습인데 나에겐 특별한 것으로 다가오는 일들이 있다. 하지만 그들이 보기엔 반대로 이런 내가 특별할 것이다. 이곳의 여름 역시 마찬가지다. 왜 그래야만 하냐는 물음에 앞서 그렇기 때문에 이어온 상황들이 있을 텐데, 나와 다른 여름을 보내온 이들에게 내가 지나치게 간섭을 하는 건 아닌지. 판단은 자주 편리한 쪽으로만 기울어진다. 판단하지 않고 가만히 바라볼 때 다가오는 친절도 받아들여야 한다. 강력한 시원함이 없긴 하지만, 음료수를 마시고 그늘에서 함께 쉬고 가끔 스프링클러 아래에서 숨을 돌리는 시간이 바로 테헤란의 여름이다.

모스크의 문

말의 입구, 말의 출구

이곳에 도착한 지 얼마 지나지 않아 말을 참기 힘든 때가 있었다. 페르시아어를 몰라 사람들과 이야기를 많이 하지 못했기 때문이다. 며칠 동안의 적적함이 불안감을 만날수록 입에서 말이 튀어나오곤 했다. 정확하게 풀어낼 수 없으면서 아무에게나 말을 걸고 싶었다. 내 입장을 남에게 이해시키려는 욕심이 계속 밀려왔다. 그때 숙소에서 가장 가까운 모스크를 찾았다. 모스크로 가면 무언가 나아지지 않을까? 조용한 곳에선 침착한 소리가 내게로 옮겨오지 않을까? 그런 기대감이 있었다. 결국 나는 세파살라sepahsalar 모스크로 향했다. 그러나 세파살라 모스크는 이슬람 학교 안에 위치해서 일반 관람객이 입장할 수 있는 문이 없었다. 막막했다. 답답한 마음에 모스크 주변을 돌다가 겨우 다른 문 하나를 발견했다. 다행히 그곳에 있던 관리인은 내가 안으로 들어가는 걸 허락해주었다. 아주 반가운 문이었다.

세파살라 모스크로 들어가는 문. 학교 안에 위치한 모스크임에도 관리인이 친절하게 내게 문을 열어주었다.

모스크 안에선 내 말이 조금씩 가라앉기 시작했다. 아름다운 기둥과 벽면에 새겨진 섬세한 무늬, 경건한 사람들과 차분한 내부가 머릿속 소음을 눌러주었다. 신자들의 기도를 방해할까봐 더 신중해지기 시작했다. 내가 하고 싶은 말을 양보해야 그들의 기도가 깊어질 것 같았다. 말하는 시간보다 말없이 지켜보는 시간이 서서히 던져주는 단단함. 모스크의 문이 말을 다스리는 경계처럼 느껴졌다. 문밖에서 가져온 고민이 문 안에서 정리되고 있었다. 바깥에서 나는 왜 그렇게 흔들렸을까? 참견 없는 광경에 내 모습을 맡기자 고요를 더 자세하게 경험하는 듯했다. 그 이후부터 모스크를 지날 때면 눈이 갔다. 문밖에서 문 안을 오래 들여다봤다.

돌아보면 성당이나 교회, 사찰에 갈 때도 나는 비슷한 심정이었다. 가만히 듣고 천천히 바라본다면 문이 편하게 열린 곳에서 불청객이 되는 일은 없다. 저마다의 목적으로 사람들은 성역聖域으로 향하며, 문을 통과한 뒤에는 잠시 그곳의 일부가 된다. 하지만 문 안으로 들어가 자신을 돌아보는 자는 보이지 않는 바깥에 사로잡히고 만다. 바깥의 일을 고민하고 후회한다. 그러나 성역은 난관을 단번에 풀기 위한 곳이 아니다. 오히려 복잡한 세계를 모은 채 스스로 고민할 시간을 만드는 곳이다. 문제를 허용하며 반복해서 짚어보는 곳이다. 현실에서 벗어나려는 출구로 여기는 순간, 자신에게 들어가는 입구로 변하는 문이 성역 안에 있는 것이다. 남의 말을 이해하고 내 말을 참는 동안 나의 침착함을 발견하면서, 왜 내가 모스크로 왔는지 새기게 되었듯이.

문은 손님을 먼저 반겨주고 마지막까지 배웅해준다. 사람을 기다리면서 뒤쪽에서 일어나는 장면을 보듬어준다. 그래서 우리는 문을 궁금해하며, 닫힌 문이 언젠가 열리기를 기대한다. 만약 그때 세파살라 모스크의 문이 잠겨 있었다면 거칠게 떠도는 말을 참는 게 불가능했겠지. 엉뚱한 쪽으로 나는 말문을 열어버렸을 것이다. 덕분에 요즘은 말하는 법보다 듣는 법을 배우는 중이다. 그보다는 끝까지 들어보려는 인내를 배우는 중이다. 이곳에서 내가 대화할 수 있는 사람은 여전히 드물다. 그래도 길을 묻거나 우연히 말을 나눌 일이 생기면 알아들을 수 없는 페르시아어를 들어보려고 노력한다. 뜻을 잡으려는 게 아니라 의도와 분위기를 조금이나마 알기 위해서다. 무슨 말인지 전혀 모른다고 말하는 사람을 외면해버릴 때 대화의 동기와 기회는 사라진다. 표정과 손짓으로 조금씩 다가서면 닿을 수 있는 부분이 나온다. 그러는 동안 내가 얼마나 많은 말을 하고 살았는지 돌아본다. 듣는 일보다 말하는 일에 익숙했고, 듣기 싫은 말을 함부로 넘겨버리는 일에 더 익숙했다.

모스크는 페르시아어로 '마스제드مسجد'다. 나는 영어식 표현인 모스크보다 마스제드란 단어가 더 좋다. 마스제드라고 발음하면 호흡이 조금 더 깊어지기 때문이다. 테헤란에서 모스크는 대로 옆에 있기도 하고 골목 안에 있기도 하며, 규모가 큰 것도 있고 아주 작은 것도 있다. 종교와 생활이 가깝게 연결된 나라인지라 산책을 하다 눈을 조금만 돌리면 모스크가 보인다. 대부분 입장료가 무료이다. 테헤란뿐 아니라 이스파한Isfahan, 시라즈Shiraz, 야즈드Yazd에 가면 웅장하고 화려한 모스크들을 볼 수 있다. 사

타브리즈에 있는 자메 모스크Jame Mosque 입구.

이스파한의 자메 압바시 모스크Jame Abbasi Mosque.
이란에서 가장 오래된 모스크 중 하나이다.

세계에서 두번째로 큰 이맘 광장. 왼쪽 돔 지붕이 셰이크 롯폴라 모스크, 오른쪽이 자메 압바시 모스크이다.

때가 되면 이란

테헤란의 모스크들은 거리와 자연스럽게 이어져 있다.

세파살라 모스크 입구의 탑.

테헤란 북부에 있는 이맘자데 살레 모스크Imamzadeh Saleh Mosque.

실 이란에 온 관광객들은 대도시인 테헤란보다는 유적지와 유물이 가득한 이 도시들을 선호한다. 특히 사파비드Safavid 왕조의 수도였던 이스파한은 '세상의 절반'이라고 불렸을 만큼 오랜 역사와 화려한 건축물을 간직한 이란의 대표적인 도시다. 세계에서 두번째로 큰 광장인 이맘 광장Imam Square에 우뚝 솟은 셰이크 롯폴라 모스크Sheikh Lotfollah Mosque는 낮이나 밤이나 화려한 자태를 새기고 있다. 하지만 누군가 내게 좋은 모스크를 추천해달라고 한다면 자신의 숙소에서 가까운 모스크로 가라고 말하겠다. 크기를 따지기보다는 발품을 팔지 않더라도 편하게 찾아가기 쉬운 모스크가 제일 좋다고 나는 생각한다. 거기로 통하는 문은 방문객의 정체를 물어보지 않는다. 그러나 문이 열려 있어도 자신을 더 열어야 천천히 모스크를 바라볼 수 있다.

모금함

도움이 필요한 순간

한국에서 지진이 발생했다는 소식을 들었다. 관측 이래로 규모가 제일 큰 지진이라는데…… 나는 아무런 피해가 없기를 빌었다. 진원지 경주에서 멀지 않은 부산에 가족들이 살고 있다. 연락을 취했지만 전화와 메신저 모두 불통이었다. 무슨 일이 생긴 건 아닌지 걱정이 됐다. 얼마 뒤 비로소 가족들과 연락이 닿았다. 지진이 나도 속보를 제대로 알려주는 공영 방송 국이 없다며 누나는 화를 냈다. 나는 인터넷 뉴스를 통해 이미 그 사실을 알고 있었다. 방송은 물론 재해에 신속하게 대응해야 하는 국가 기관마저 제대로 역할을 못했음을. 게다가 학교에선 지진을 대수롭지 않게 여긴 채 학생들을 교실에 묶어두었다고 하니. 가슴이 철렁거렸다. 판단도 경각심 도 없는 나라에서 우리는 누굴 믿고 사고와 재난에 대비해야 하는 걸까? 개인의 대응만으로 어려움을 버텨야 하는 사회가 과연 위기를 극복할 수 있는 사회일까?

"거기 위험하지 않니?" 내가 테헤란에 간다고 했을 때 친구들이 가장 많이 했던 말이었다. 이란을 이라크로 착각하거나 이란이 시리아와 가까워서 걱정스러운 마음에 그런 질문을 던진 것이다. 이슬람 국가는 다 위험하다는 편견도 작동했을 테고. 전혀 위험하지 않다고 나는 그들에게 대답해줬다. 하지만 제대로 알아보지 않고 몇몇이 건성으로 건네는 말은 불편하게 다가왔다. 한편으로는 '한국은 얼마나 안전한가?'라는 의문이 밀려왔다. 이미 우리는 아주 심각한 인재와 재해를 여러 번 경험했고 큰일이 있을 때마다 우왕좌왕하는 책임자들을 자주 목격했다. 원인을 제대로 밝히지 않고 대충 수습하면서 사람들이 사고를 잊어버리기를 기다리는 모습을 지금까지 지켜봐야 했다. 그런 사회가 과연 안전한 나라인가? 자신이 다급한 처지에 빠져도 국가가 신속하게 움직이지 못할 거라는 불신이 퍼져 있는 게 가장 위험한 상황 아닌가?

테헤란에서 나는 모금함을 자주 본다. 여기저기에 똑같은 모양으로 서 있다. 지하철 개찰구에도 쇼핑몰, 관공서, 호텔에도 모금함이 자주 보인다. 처음엔 이슬람 교단을 위한 헌금함인 줄 알았는데 알고 보니 형편이 좋지 않은 사람을 돕기 위한 것이었다. 누구나 행복해야 한다는 게 모든 종교들이 추구하는 가치일 테니까. 남을 더 사랑하고 나보다 못한 사람을 더 살피는 일. 모금함은 그걸 실천하기 위한 이정표다. 얼마나 많은 성금이 모이고 얼마나 많은 사람들이 참여하는지 모르지만, 마주칠 때마다 자신과 남의 위치를 떠올려보도록 하는 게 모금함의 보이지 않는 지시일 것이다. 어떤 사람은 이렇게 많은 모금함이 과연 효율성이 있는지 의문이

테헤란 거리에 있는 모금함. 앞면에 새겨진 로고가 눈에 띈다.

든다며 고개를 가로저을 수 있다. 성금이 많이 모이면 좋다. 그러나 모금함을 굳이 효율성의 문제로 생각해야 할까? 함께 뜻을 모으자는 취지로 시작했는데 그 뜻이 조금 모자라거나 평균적으로 적게 모였다고 효율성이 떨어진다고 말하는 건 타인에 대한 공감을 물리적인 양으로 따지는 일처럼 내게 다가온다. 물론 이 모금함들에 어떤 정치적 의도가 깔려 있다면 마땅히 비난받아야 한다.

누군가의 고통과 슬픔에 강제로 공감하라는 말은 폭력적이다. 공감은 자신의 감정을 타인에게 전달하는 게 아니라 타인의 입장을 이해하고 타인의 감정을 함께 나누는 것이니까. 몰아붙인다고 되는 명령이 아니니까. 그러나 누군가의 고통과 슬픔을 다른 상황들로 위장하며 억지로 외면하는 건 더 폭력적인 행동이다. 치유할 수 없는 기억을 잊으라고 강요하는 방식은 독단이다. 아무리 긴 시간도 아픔과 상처를 쉽게 해결하지 못한다. 대화를 묻어버린 채 다른 것으로 시간을 보상하려 하거나, 사건을 기억하지 못하도록 망각과 합의하려는 태도는 자신의 위치만 보존하려는 자들이 내세우는 억지이자 억압이다. 그들은 세상을 그런 방식으로 움직이는 게 가능하다고 여전히 믿고 있다. 타인의 감정을 이해하지 않으면서 자신들의 감상에만 치우치고 있다.

테헤란 거리에서 입 벌린 채 서 있는 모금함 앞을 지나간다. 말을 하지 못하지만 모금함은 어떤 말을 던지려는 것 같다. 어딘가에서 마음을 기다릴 사람들을 바라보라는 듯이. 그러나 모금함에 닿는 손길은 드물다. 서울의 거리에서 입을 벌린 채 절규하는 이들을 떠올려본다. 말을 해보려고 해도 그 말이 가진 깊은 고통 때문에 그들은 소리를 이어가지 못한다. 그럼에도 매일 같은 곳으로 나와 노란 리본을 가슴에 달고 참사로 잃어버린 아이와 가족들의 이름을 부른다. 함께 이름을 불러줄 목소리를 기다리면서.

지진의 여파가 가라앉고 나서야 갖가지 분석과 대책이 쏟아지기 시작한다. 중대한 사건에 느리게 대처하고 뒤늦게 반응하는 이들. 미처 준비하지 못해서, 미처 파악하지 못해서, 미처 예상하지 못해서…… 그들은 비슷한 이유들만 내놓는다. 이렇게 느리게 움직이면서 사람들이 사건을 빨리 잊기를 바란다. 자신들의 '느림'이 '빨리' 지워지길 기다린다. 이미 우리는 불안에 떨고 또다시 슬픈 상황을 떠올렸는데도 말이다. 이런 모습에 제일 공감하면서 앞장서야 하는 자들은 누구일까? 아무런 체계가 없다는 무서운 위기감을 매일 안고 살아가고 있는 지금 이 순간에.

테헤란 어디에서든 모금함을 쉽게 발견할 수 있다.

건물 벽면에 부착된 모금함.

수박 가게. 주인이 온갖 종류의 수박을 정리하고 있다.

주스 가게의 냉장고. 과일이 풍부한 이란에서는 과일 주스를 아주 싸게 마실 수 있다.

석류

'아너르'는 생생하다

슈퍼마켓에 갔다. 맥주랑 똑같이 생긴 물건들이 냉장고에 가득했다. 당연히 술은 아니겠지만 혹시나 하는 마음에 몇 병을 얼른 바구니에 집어넣었다. 맥주와 아주 비슷한 맛이 날 거라고 기대하면서. 만약 그렇다면 술에 대한 미련을 잠시 잊을 수 있을 거라고 자신하면서. 나는 슈퍼마켓을 나오자마자 한 병을 따서 천천히 들이켰다. 근데 이게 뭐지? 병만 맥주랑 비슷했지 속에 든 내용물은 맥주 맛이 전혀 나지 않는 과일 음료였다. 이런 병에다 과일 음료를 넣을 수 있구나. 내가 보기엔 이건 완전 맥주병인데. (결국 나는 맥주와 아주 비슷한 무알콜 음료를 며칠 뒤에 발견했다.)

이란은 과일이 풍성하다. 수박, 포도, 복숭아, 무화과, 대추야자, 멜론…… 당도가 높고 가격이 싸서 과일 가게뿐 아니라 생과일 주스를 파는 가게들까지 성업중이다. 주스 종류 또한 다양하다. 어떤 과일이든 착즙기에 넣어 갈아버린다. 때론 한 가지 과일을 넣고, 때로는 여러 가지 과일을 몽땅 넣는다. 대신 주스에 설탕이나 시럽을 절대 넣지 않는다. 과일만 갈아서 온전히 내놓는다. 그래도 달고 맛있다. 특히 멜론 주스는 이란 특산품처럼 불티나게 팔린다. 멜론 특유의 향과 식감이 더운 날씨를 뚫고 산뜻하게 목으로 넘어간다. 과일 음료 역시 온갖 용기에 담겨 사람들을 맞이한다. 종이팩에서 유리병과 페트병, 그리고 캔까지. 이곳 사람들은 어디에서나 과일 음료를 즐긴다. 걸어가면서 마시고 마시면서 또 찾는다. 술이 있어야 할 자리에도 술 대신 과일 음료를 내놓는다.

테헤란에서 내가 제일 자주 먹는 과일은 '석류'다. 겨울이면 우리가 귤을 먹듯 여름과 가을이면 이란인은 석류를 먹는다. 평생 먹을 석류를 나는 여기서 다 먹고 있다. 유일하게 페르시아어로 외우는 과일 이름도 석류다. 아너르ﺐ! 길을 걷다가 더위에 지칠 때 단골 가게로 가서 나는 "아너르, 아너르!"라고 외친다. 이제 직원은 내가 주문하기도 전에 자연스럽게 석류를 착즙기에 넣는다. 새빨간 석류 주스 한 컵을 만들려면 석류가 네댓 개 이상 필요한데 아끼지 않고 그걸 전부 꽉 짜서 컵을 채워준다. 백 퍼센트 과즙으로 된 석류 주스다. 이게 다른 곳이라면 가능할까? 석류를 마음껏 먹을 수 있는 나라라니! 석류가 주렁주렁 열리는 나라라니! 석류의 신맛은 마실수록 매혹적이다. 조금 참고 홀짝이다보면 석류의 '빨간색'까지 마시는 기분이 든다.

테헤란에서 나는 빨간색을 자주 본다. 이란 국기의 하단을 채운 빨간

단골 주스 가게의 직원들. 테헤란에서 내가 제일 자주 본 사람들이다.

여름과 가을이면 이란인은 석류를 즐겨 먹는다.

때가 되면 이란

색. 붉은빛이 도는 홍차. 빨간 글씨로 새겨진 간판. 하지만 테헤란에서 '생생한' 빨간색을 마주치는 건 힘들다. 사람들이 입고 다니는 옷은 종교 때문인지 대체로 단정하다. 예쁜 옷을 찾는 사람들이 늘어났으나 여전히 어두운 옷을 좋아하는 이들이 많다. 건물과 자동차도 튀지 않는 색을 선호한다. 물론 자세히 두리번거리면 여러 가지 색이 보인다. 다만 잘 보이지 않는 느낌이다. 바쁜 사람들과 빠르게 달리는 자동차들. 엄격한 정치. 이런 상황들이 불러오는 인상이 색을 바라볼 틈을 방해한다. 색감으로만 따지면 테헤란은 차분하면서 무겁다. 외부에서 이곳을 바라보는 시선이 그러하듯이. 사실, 내가 제일 좋아하는 색은 검정이다. 어렸을 때부터 검정에 끌렸다. 친구들이 칙칙하다고 말해도 눈을 감으면 바로 볼 수 있는 검정은 내게 편안하고 친근한 색이었다. 그런데 테헤란에선 좀더 다양한 원색을 보고 싶다는 생각이 들었다. 단정함이나 차가움이나 무거움은 다른 분위기와 섞여서 존재해야 그 '분명함'이 드러나니까.

내가 석류를 처음 발견한 건 어쩌면 색 때문이었을 것이다. 테헤란이 주는 색감 속에서 석류의 빨간색은 분명함으로 다가온다. 돋보이려는 이기심이 아닌 명확한 위치처럼 보인다. 모두가 가지고 싶은 분명함. 누구나 지킬 수 있는 분명함. 자신을 드러내는 표정 같은 색. 수박이나 토마토도 빨간색이지만 석류는 그것들과 달리 신맛이 난다. 단맛이 넘치는 곳에서 신맛을 가진 빨간색은 속까지 뚜렷하게 느껴진다. 하지만 남쪽이든 북쪽이든, 오른쪽이든 왼쪽이든, 빨간색은 어디에서나 존재할 수 있다. 어떤 색이든 정해진 자리는 없다. 색이 가진 빛깔은 문제가 되지 않는다. 색을

석류를 통째로 짜서 만든 석류 주스. 값이 싸고 맛도 좋아 평생 먹을 석류를 테헤란에서 다 먹은 듯하다.

때가 되면 이란

정의한 뒤, 오직 색으로만 가둔 채, 한 가지 색으로만 상대를 몰아가는 게 문제다. 속까지 전부 같다고 주장하는 게 문제다. 주변을 둘러싼 색을 제대로 바라보게 한다면, 명암과 채도가 한쪽으로 치우칠 때 다른 색으로 다채롭게 만든다면, 색감은 훨씬 빛이 날 텐데도.

　모든 색은 분명하다. 여러 색들을 지워버린 채 비슷한 상태들만 모아놓을 때, 비슷한 상태로 빠뜨려버릴 때, 색은 흐릿해지면서 분명하게 다가오지 않는다. 석류의 맛이 묵직하게 목으로 넘어가는 동안 나는 상상한다. 가을이 지나고 겨울이 오면 이곳의 색은 조금 바뀌어 있을까? 다른 곳에선 여전히 색에 집착하며 싸움을 걸고 있을까? 새빨갛고 시큼한 석류는 무엇의 반대일까? 테헤란에 추위가 밀려오면 석류가 조금씩 귀해지기 시작할 것이다. 그러나 석류가 아니어도 또다른 분명함을 이곳에서 마주치겠지. 나는 석류 주스를 들고 거리를 바라본다.

페르시안 카펫

흉내낼 수 없는 이름

누군가가 내게 말을 걸었다. 어디서 왔느냐? 중국이냐, 일본이냐? 테헤란 사람들은 참 친절하다. 외국인에게 호의나 호기심을 가지고 자주 말을 거는데 나쁜 의도가 있는 건 아니다. 가끔 호의나 호기심이 지나쳐 당황스러울 때가 있어도 외국인이 도움을 요청하면 그들은 자신이 할 수 있는 만큼 베풀어주려고 노력한다. 그 또한 그런 사람 중에 하나라고 나는 생각했다. 외국인에 대한 관심. 아니면 무언가 도와주려는 선의. 내가 한국에서 왔다고 말하자 그는 자신의 이름은 '아스가리'이며 서울을 잘 안다고 말했다. 그러고 보니 그는 조금 달랐다. 말을 능숙하게 했고 외국인에게 편하게 접근했다. 그랜드 바자르를 구경하던 나는 그렇게 아스가리와 자연스럽게 동행하게 되었다. 그는 일을 마치고 가게로 돌아가는 길이었다.

'그랜드 바자르'는 아주 거대한 시장이다. 테헤란에 방문한 이들이라

테헤란 그랜드 바자르. 쇼핑을 즐기는 이란인과 외국인
관광객으로 매일 붐비는 곳이다.

이슬람 공휴일에는 그랜드 바자르도 문을 닫는다. 평일
과 달리 한산한 모습이다.

페르시안 카펫은 오랜 역사와 섬세한 무늬로 세계적인 명성을 얻었다.

면 반드시 들르는 유명한 곳이다. 가게가 많고 물건은 더 많아서 구석구석 구경하려면 며칠은 걸린다. 북쪽 입구로 들어서면 아치형 천장이 시선을 압도하고 남쪽으로 향할수록 오래된 느낌의 가게들이 자리를 꽉 채우고 있다. 또 직선으로 이어진 큰 통로 말고도 중간중간 골목이 연결되어서 사람들이 언제든 오갈 수 있다. 그런 그랜드 바자르에 가게를 가진 사람이라니! 나는 아스가리가 어떤 물건을 파는지 궁금했다. 그는 아주 뚜렷한 목소리로 '페르시안 카펫'을 판다고 말했다. 페르시안 카펫! '페르시안' 이 붙은 말 중에 내가 유일하게 아는 게 페르시안 고양이와 페르시안 카펫이다. 내가 테헤란에 간다고 했을 때 친구가 꼭 사달라고 부탁한 물건도 바로 페르시안 카펫이었는데……

아스가리는 시간이 된다면 자신의 가게를 둘러봐도 좋다고 했다. 나는 페르시안 카펫을 꼭 보고 싶었다. 그것도 천천히, 아주 꼼꼼하게. 따지고 보면 처음 이란을 알게 된 것도 페르시안 카펫 때문이었다. 어릴 때 보던 만화 〈아라비안나이트〉에서 페르시아 왕자가 하늘을 날 때 쓰던 도구가 카펫이었고, 페르시아 궁전으로 주인공들이 들어설 때면 그곳에 넓게 깔려 있던 것도 카펫이었으니까. 만화를 보면서 '저 나라엔 저런 게 참 많구나!' 라는 생각을 했었다. 비록 그때는 페르시아가 어떤 나라인지, 카펫이 어떤 물건인지 정확하게 몰랐지만, 언제부턴가 이란이라는 나라를 들으면 나는 페르시안 카펫을 떠올리기 시작했다.

카펫 시장 2층에 자리한 가게는 아담했다. 한쪽에는 기계로 만든 카펫이, 한쪽에는 손으로 만든 카펫이 차곡차곡 쌓여 있었다. 세밀하게 들어 찬 무늬와 정교하게 배열된 색감. 한참을 정신이 팔려 이런저런 카펫을 구경하고 있는데 손으로 만든 카펫은 기계로 만든 것과 달리 간혹 울이 일어난 부분이 보인다고 아스가리가 친절하게 설명해주었다. 그건 손이 기계보다 힘이 약하고 정확하지 못해서 생기는 상처였다. 게다가 기계로 만들면 몇 분 안에 카펫 하나를 완성하지만 손으로 카펫을 만들려면 시간이 아주 오래 걸리고, 카펫 하나를 위해 길게는 수년 동안 작업을 해야 한다니. 가느다란 실에서 시작해 크고 아름다운 무늬를 만드는 사람의 손이 참 대단하게 느껴지는 순간이었다. 그래서인지 손으로 짠 카펫에 자꾸 눈이 갔다. 장인이 머릿속으로 상상한 무늬와 색으로 정성을 들여 만든 단 하나의 물건. 당장이라도 몇 장 사고 싶었으나 참기로 했다. 일단 가격이 부담됐고 어떤 물건이 좋은 건지 정확하게 알 수 없었다. 비싸고 귀한 물건을 산다고 해서 나한테 가치가 저절로 생기는 건 아니니까. 제대로 물건을 알고 애정을 더해서 살 때 그 가치가 내게 몫을 할 수 있을 것 같았다. 아스가리에게 고맙다는 인사를 하고 나는 가게를 나올 수밖에 없었다. 그는 아쉬운 표정으로 기회가 된다면 또 오라고 말했다.

어떤 물건에 고유의 이름이 붙었다는 건 함부로 흉내낼 수 없는 내력과 의미가 증명되었다는 뜻이다. 그런 이름을 부르고 그런 물건을 만지면 다른 이름과 다른 물건은 대신하기 힘든 분위기가 몰려온다. 페르시안 카펫을 세세하게 알지 못해도 그냥 카펫이 아닌 '페르시안 카펫'이 되기까지의 시간을 나는 조심스럽게 짐작해본다. 하나씩 지키기 위해 책임을 다하

카펫을 짜고 있는 장인. 손으로 직접 카펫을 짜기도 하고 사진처럼 베틀을 이용해 카펫을 짜기도 한다.

때가 되면 이란

카펫 가게. 이란에 가면 카펫 가게를 어디서든 볼 수 있다.

타브리즈 올드 바자르에 있는 카펫 시장.

이란 카펫 박물관에 전시된 페르시안 카펫.

고, 하나라도 빠뜨리지 않기 위해 노력한 사람들이 페르시안 카펫의 주인일 것이다. 무언가가 명성을 얻으려면 밖으로 이름을 알리기 전에 만드는 사람 스스로 이름을 쌓아야 한다. 하지만 명성이 부러워서, 명성이 필요해서 기본만 대충 끌어다 외형을 붙이는 경우를 나는 자주 목격했다. 고유성은 단단한 기본에서 시작하는데도 말이다.

테헤란에는 이란 카펫 박물관이 있다. 전통적인 카펫을 한데 모아 전시하는 곳이다. 박물관의 카펫은 판매되는 카펫과는 다르게 풍속이나 인물이 그려진 것들이 많아 페르시안 카펫의 역사를 들여다보기 좋다. 대형 카펫에 새겨진 촘촘한 결을 천천히 살피고 있으면 마치 그림을 보는 듯한 착각이 밀려온다. 이란 카펫 박물관은 지하철역에서 15분가량 걸어야 하지만 관람객이 많지 않고 라레흐 공원Laleh park 안에 위치한 덕에 여유를 가지고 찾아가면 한결 편하다. 테헤란에서 멀긴 하지만 아제르바이잔과 맞닿은 타브리즈Tabriz 올드 바자르에 가면 엄청난 양의 카펫을 구경할 수 있다. (바자르는 '시장'이란 뜻으로 페르시아어 '버저르بازار'의 영어식 표현이다.) 타브리즈 올드 바자르는 아시아와 유럽을 연결하던 역사가 깊은 바자르이다. 그러나 바자르가 아니더라도 페르시안 카펫은 이란 어느 곳에서나 볼 수 있다. 이란인들은 넓은 바닥 위에 항상 카펫을 깐다. 어떤 모양과 색이 카펫에 새겨졌는지 들여다보면 페르시안 장인이 새겨 넣은 다양한 표현력에 놀라게 된다. 그게 페르시안 카펫이 주는 최고의 매력이다.

공원 벤치

테헤란을 이어주는 틈

테헤란 지도를 펼쳐놓으면 뭐가 제일 많이 보일까? 아마 모스크겠지. 그리고 다음으론 공원이 아닐까? 테헤란 어느 곳에든 공원이 가까이 있다. 공원과 그 주변을 채운 곳들을 안내한 지도를 만들고 싶을 정도다. 답답한 도심에서 처음으로 공원을 발견했을 땐 무척 반가웠는데, 지금은 공원을 찾는 일이 일상이 되었다. 기후 때문에 테헤란엔 나무가 거의 없을 거라 상상했었는데 가로수가 잘 가꾸어져 있고 숲이 무성한 공원이 적당한 간격으로 도시를 메우고 있다. 강수량이 적어 관리인들이 나무에 자주 물을 주고, 나무를 심을 곳에 수로를 뚫거나 연못을 만들어 자연스럽게 물 문제를 해결한다. 메마른 땅에 이런 노력이 없었다면 이곳은 흙색이 무성한 도시가 되었을 것이다. 한국은 물을 녹색으로 만드는데 이란은 물로 녹색을 만든다.

테헤란의 공원은 조금 다른 테헤란처럼 다가온다. 도시의 분주함과 소음에서 떨어져 차분하면서 조용하다. 연인끼리, 가족끼리, 친구끼리 여유롭게 산책로를 거닐고 아이들은 한쪽에서 공놀이를 한다. 여럿이 둘러앉아 식사를 하며 차를 마신다. 자전거를 신나게 타는 여성들도 보인다. 숙소 근처에 있는 사흐르 공원Shahr Park부터 밀라드 타워Milad Tower와 맞닿은 파르디산 공원Pardisan Park, 규모가 아주 큰 북부의 멜랏 공원Mellat Park까지. 예배 시간을 알리는 안내 방송 아잔ازان을 빼곤 다른 나라의 공원과 크게 다를 게 없다. 하지만 아잔을 묻어둔 채 사람들은 계속 자신을 즐긴다. 누구도 이유를 묻지 않고 누구도 끼어들지 않기에 평화가 이어진다. 저녁이 찾아올수록, 또 밤이 깊어질수록 공원은 테헤란을 감춘 모두의 정원처럼 존재한다. 그리고 그 안에 벤치가 있다.

거리를 걷다보면 천천히 주변을 조망하고 싶어질 때가 있다. 그 순간만큼은 편하게 앉아서 쉴 자리를 찾게 된다. 테헤란에는 공사가 진행중인 길이 많고 주차된 자동차와 오토바이가 인도를 침범하는 경우가 잦다. 게다가 사람들이 앞만 보며 바쁘게 걸어간다. 경적 소리가 크게 들린다. 내 소리는 들리지 않는다. 이런 거리에서 쉴 자리를 구하는 건 어렵다. 화단에 기대앉거나 구석에 움츠리고 앉아야 잠시 쉴 수 있다. 쾌청한 공기를 마시기 위해, 혼잡을 피하기 위해 공원으로 가기도 하지만 내가 공원으로 향하는 더 큰 이유는 앉아서 쉴 곳이 있기 때문이다. 앉은 곳에서 시작되는 상태가 있기 때문이다.

숙소 근처에 있던 사흐르 공원. 테헤란에는 벤치에 앉아 편하게 쉴 수 있는 공원이 많다.

테헤란 시립 극장 옆에 위치한 다네쉬주 공원Daneshjoo Park.

'잠시 앉는다'는 건 두 발로 길을 경험한 뒤에, 두 발을 멈추고 길을 회상하는 일이다. 길에 있었던 나를 돌아보면서 길에서 잠시 떠난 나를 확인하는 일이다. 그러므로 공원에 놓인 벤치 하나는 다른 공간을 만들어주는 작은 '넓이'이다. 시선을 둘러보게 해주는 반가운 '틈'이다. 벤치에 앉는 순간, 도시에 갇혔던 나 자신으로부터 멀어지게 된다. 도시가 곁에 있으나 도시와 떨어진 기분으로 골목과 사람들을 생각하게 된다. 친근한 공원의 풍경이 익숙한 곳에 있는 듯한 편안함을 건네준다. 그러는 동안 길이 있음을 느끼며 길이 나에게 다가온 장면을 떠올린다. 오히려 걸었던 방향이 더 잘 보이고, 걸었던 시간이 더 뚜렷하게 새겨진다. 약간의 간격. 잠깐의 공백. 몸 밖에서 일어난 일들이 몸안에서 다시 일어난다.

한번 지났던 거리는 기억에서 희미해질 수 있지만 한번 들렀던 공원은 기억에 오래 남는다. 대부분의 거리는 어딘가를 이어주는 경유지이다. 때문에 다급하게 지나쳐야 할 상황이 자주 생긴다. 반면 공원은 언제나 목적지로 자리한다. 공원 안에 있는 길은 어딘가로 향하는 길이 아닌 공원 안을 돌고 도는 길이기 때문이다. 어딘가로 반드시 가라는 지시가 없는 길이기 때문이다. 그래서 공원을 걷다보면 오래 머물게 되고, 공원을 걷다보면 천천히 걷는 나 자신을 발견하게 된다. 특별한 의도를 가지고 오지 않더라도 조용히, 그리고 또박또박 산책을 하는 게 필요한 일이었음을 깨닫게 된다. 서두르지 않고 길에 마음을 맡긴 이들을 벤치에서 바라보게 된다. 지금까지 내가 쫓아간 흐름과 나를 쫓아오는 흐름을 듣게 된다. 길이 다른 길에 도착하고 사람이 다른 사람과 함께 쉬는 목적지가 바로 공원인 것이다.

　가끔 나는 서울 공원으로 간다. 서울에 테헤란로가 있는 것처럼 테헤란 엔 서울로와 서울 공원이 있다. 한국 대사관에서 멀지 않은 데에 자리한 서울 공원은 주변에 사는 이들이 자주 찾아가는 조용한 공원이다. 한글로 '서울 공원'이라고 적힌 입구로 들어가면 서울문화회관이 보인다. (테헤 란로와 달리 서울로는 자동차 도로여서 주위에 건물이나 상가가 없다. 그 사실을 모른 채 서울로를 찾아가면 쌩쌩 달리는 자동차만 실컷 구경하고 돌아와야 한다.) 테헤란 북부에는 다른 나라의 이름을 딴 공원들이 몰려 있다. 샤리아티 거리Shariati Ave.를 따라 타지리시 역Tazirish Staion 쪽으로 올라가면 영국 대 사관 가든, 러시아 대사관 가든, 터키 대사관 가든, 독일 대사관 가든이 줄 지어 나온다. 이곳의 공원들은 따로 흩어진 게 아니라 수많은 거리와 골 목을 잡고 서로 붙어 있는 듯하다. 그래서 나는 테헤란 거리를 거닐며 공 원에서 공원으로 이동한다. 기다란 벤치 한쪽에 혼자 앉아 다른 이가 앉 을 자리를 비워둔다. 공원은 누구나 함께 걸을 수 있는 곳이고 벤치는 누 구나 함께 앉을 수 있는 자리이다. 그래서 공원과 벤치는 언제나 잘 어울 린다.

서울 공원. 서울에 테헤란로가 있는 것처럼 테헤란에는 서울 공원과 서울로가 있다.

공원에서 자전거를 타는 이란 여성들. 공원은 누구에게나 자유로운 공간이다.

때가 되면 이란

케이블카

토찰산으로 가는 길

일주일에 4일을 주말처럼 보낸다면 어떤 느낌이 들까? 3일만 평일로 보내고 4일을 기다리는 마음이란? 4일 동안 분위기에 휩쓸리고 3일을 새로 보태는 순간이란? 나는 테헤란에 온 뒤 1, 2주 동안 4일을 주말로 지냈다. 이슬람 국가는 목요일과 금요일이 주말이고 이슬람력을 따로 쓴다. 그래서 이곳의 주말인 목요일과 금요일, 지금까지 반복했던 토요일과 일요일이 자연스럽게 이어져버렸다. 이제는 정신 좀 차리고 목요일과 금요일을 주말로 보내려고 노력하지만 금요일 밤이 되면 여전히 한국의 주말이 떠오른다. 어디든 가고 싶고 뭐든 계획하고 싶은 주말의 위력! 테헤란 사람들도 똑같다. 주말에 쇼핑을 하고 여행을 떠나며 즐기기 좋은 곳을 찾는다. 사실 나는 대부분의 이란인들이 주말에 모스크로 가 기도를 하는 줄 알았다. 그러나 예배에 참석하고 싶은 사람들만 모스크로 향한다. 정부에서 강요하거나 강제로 끌고 가지 않는다. 심지어 자신은 이슬람을 모르며 종교가 없다고 말하는 이란인을 만나기도 했다. 주말을 마음대로 누릴 자유가 누구에게나 있는 것이다.

주말마다 붐비는 장소 중 하나는 '알보르즈'이다. 알보르즈는 테헤란뿐 아니라 인근 지역까지 감싸는 웅장한 산맥이다. 기차를 타고 테헤란 외곽으로 갔을 때 본 알보르즈의 규모는 정말 대단했다. 테헤란에선 거리에서 방향을 잃었을 때에도 알보르즈만 찾으면 북쪽을 알 수 있다. 어디서든 알보르즈가 보인다. 큰 산 아래 수도를 잡는 건 아주 오래된 방식이고 테헤란 역시 도시의 방어를 위해 알보르즈 아래 터를 잡은 것이다. 이런 알보르즈 산맥에서 인기가 좋은 곳은 바로 '토찰산Tochal'이다. 겨울이면 이곳에 스키장이 개장한다. 토찰산에 오르려면 케이블카를 타거나 아주 오랜 시간 등산을 해야 하는데 꼭 정상까지는 아니더라도 중간중간에 대피소와 케이블카 역이 있어 목적지를 정하면 무리하지 않고 갈 수 있다. 그래서 테헤란 전경을 보러 중턱까지만 가는 이들이 많다.

한창 4일을 주말로 착각한 시기에, 한국이 아닌 테헤란의 주말을 보내기 위해 나는 케이블카를 타고 토찰산으로 향했다. 케이블카는 구간에 따라 요금이 다르며 해발 3,964미터 정상 바로 밑, 스키장까지 가는 티켓이 가장 비쌌다. 나는 왕복 티켓을 사서 케이블카를 탔다. 잠시 뒤 테헤란 시내와 알보르즈의 장대한 풍경이 눈에 들어왔다. 건조한 기후 탓에 산엔 나무가 없어서 알보르즈를 오르는 등산객도 뚜렷하게 보였다. 땅을 밟는 동안 땅을 몸에 새기며 걸음이 주는 거리와 피로를 기억하려는 이들. 자

토찰산. 눈이 내리면 이곳은 스키장으로 변한다.

토찰산으로 향하는 케이블카를 타면 테헤란 시내를 한눈에 바라볼 수 있다.

신의 머리 위로 케이블카가 지나갈 때마다 올려다보지 않고 앞을 보려는 이들. 케이블카 안에서 그들을 바라보는 동안 내가 너무 쉽게 산을 오르는 것 같아 미안한 마음이 들었다.

생각보다 빠른 속도와 어딘지 불안해 보이는 시설 때문에 케이블카를 타는 내내 나는 불안했다. 바람이 심하게 불면 케이블카는 안전을 위해 멈췄다. 지금까지 사고가 없었다는 말을 믿어야 했다. 어차피 내리지도 못하는 상황이었다. 그렇게 몇 번의 멈춤과 몇 번의 환승을 거쳐 스키장에 도착할 수 있었다. 탁 트인 풍경과 새파란 하늘. 산의 깊이를 몰아오는 바람 소리와 고산에서 밀려오는 한기. 높은 봉우리들이 짙은 색감을 온전히 뿜어내고 있었다. 여기에 눈이 쌓인다면 어떤 모습일까? 겨울보다는 방문객이 많지 않은 탓인지 토찰산의 품이 넓게 다가왔다. 나는 리프트를 타고 여러 각도에서 토찰산을 바라봤다. (리프트는 스키장을 개장하지 않아도 운영한다.) 그런데 이번에는 불안정한 전력 사정 때문에 리프트가 멈췄다. 정상으로 돌아올 때까지 두 다리를 공중에 매달고 가만히 기다려야 했다.

어쨌든 토찰산을 무사히 둘러본 뒤 나는 다시 시내로 내려왔다. 그런데 곰곰이 따져보니 해발 3,964미터 토찰산은 내가 발을 디딘 가장 높은 곳이었다. 이런 뜻깊은 곳을 케이블카를 타고 올라갔다니…… 아무 준비 없이 마냥 산을 오를 수는 있는 상황이 아니었다. 토찰산에서 심폐소생술을 받거나 사고를 당하는 등산객 이야기를 들었기 때문이다. 그럼에도 진하게 남는 아쉬움의 정체는 도대체 무엇일까? 시내, 케이블카, 리프트. 다시 리프트, 케이블카, 시내. 시간을 제대로 보내려는 사람은 언제나 속도를 따라간다. 빠르게 목적지로 움직여서 빠르게 목적을 해결해야 시간을 잘 썼다고 느낀다. 나도 그랬던 것 같다. 서둘러 토찰산을 보길 원했고 주말을 그냥 넘기기 싫었다. 그런 내게 케이블카는 편리했다. 또 고마웠다. 누구나 선택할 수 있는 방식이었으므로 누구나 보낼 수 있는 시간을 보냈다. 정확한 곳에 멈추었을 때 케이블카의 문은 열렸으며, 정확한 간격을 유지한 채 케이블카는 이동했다. 정해진 일들을 따르면서 적당한 속도에 적응했다. 하지만 정확한 곳에 내려 움직이고 정확한 간격을 좇을 때 '정확함'을 벗어나고 싶은 순간이 있었다. 케이블카가 안내한 대로 길이 펼쳐지는 동안 마음대로 나를 안내하고 싶은 순간이 있었다. 오히려 정확하지 않을 때 조바심이 밀려왔다. 정확함을 의심하기 시작했다. 케이블카를 당기는 줄이 내 속도마저 끌고 갔는지 모르겠다. 내가 보지 못했어도 토찰산에는 정확함을 잊어야 온전히 보이는 것들이 분명히 있었을 것이다.

눈 내린 토찰산에 구름이 밀려오고 있다.

겨울에 개장된 토찰산 스키장. 테헤란 사람들에게 인기가 좋은 곳이다.

때가 되면 이란

리알

이란 돈은 어렵다

테헤란으로 오기 전 나는 준비물과 주의 사항을 여기저기에서 알아봤다. 정보가 적었지만 꼭 필요한 사항들은 얻을 수 있었다. 주의 사항은 대개 종교와 문화에 관련된 행동들이었고 준비물은 생활에 필요한 물품들이었다. 무엇보다 제일 중요한 건 '달러'를 챙기는 일이었다. 이란에서는 국제 신용카드를 쓸 수 없다. 현금지급기로 입출금을 할 수도 없다. 미국을 중심으로 한 여러 나라들이 경제 제재를 가해서 이란의 돈줄을 막아버렸다(제재가 조금씩 풀리는 중이니 앞으로의 상황은 지금보다 나아질지 모른다). 더 큰 문제는 한국에서 이란 돈을 취급하는 은행이 마땅히 없다는 사실이다. 그래서 이란으로 여행을 간다면 반드시 환전하기 쉬운 달러를 넉넉하게 준비해야 한다. 유로나 위안도 이란에서 환전이 가능하지만 달러가 가장 수월하다. 결국 미국이 끼어 있는 문제를 미국 돈으로 해결해야 하는 셈이다.

이란의 화폐 단위는 '리얄ریال'이다. 워낙 단위가 커서 리얄을 열 배로 줄여 '토만تومان'이라 부른다. 지금 환율은 1달러에 대략 35,000리얄. 토만으로 하면 3,500토만. 테헤란 곳곳에는 달러를 리얄로 바꿔주는 환전소와 환전상이 있다. 그런데 환전소와 환전상마다 환율을 따지는 셈법이 약간씩 다르기 때문에 어디에서 누구와 돈을 바꾸느냐가 아주 중요하다. 가끔은 환전상과 협상을 하면서 달러의 우수한 가치를 적극 주장해야 조금이라도 더 많은 돈을 손에 쥘 수 있다. 웬만하면 규모가 큰 환전상에서 환전하는 게 좋다. 환율이 비교적 안정적이고 위조지폐의 위험에서 벗어날 수 있기 때문이다. 나는 돈이 떨어질 때마다 단골 환전소에서 돈을 바꾼 뒤 꼼꼼하게 리얄을 가방에 챙겨 넣는다. 돈을 잃어버리면 정말 난감해진다. 돈이 있어야 버스와 지하철을 타고, 돈이 있어야 밥을 먹고, 돈이 있어야 숙박비를 내니까.

테헤란에서 달러를 그대로 받는 곳은 드물다. 거의 모든 상점과 식당은 리얄과 토만으로만 가격을 표시해두었다. 게다가 이란은 페르시아 숫자를 쓰는 탓에 계산을 하려면 페르시아 숫자를 알아야 한다. (나는 이 숫자를 외우는 데 일주일이 걸렸다.) '0'이 몇 개인지, 숫자가 얼마를 가리키는지 자세히 살펴본 뒤, 직원에게 리얄인지 토만인지 물어봐야 마음이 놓인다. 처음엔 리얄이 눈에 익지 않아 애를 먹었다. 환전을 하면 지폐에 찍힌 숫자를 보고 부자가 된 것 같은 기분이 들다가, 밥 먹을 때 10만 리얄이 나가면 돈을 엄청 써버린 기분이 들었다. 물가와 금액에 쉽게 적응하지 못했다. 무능한 내 숫자 감각! 이젠 조금 나아져 10만 리얄이 대충 몇 달러이고

환전소에서 바꾼 이란 돈. 화폐 단위가 커서 달러를 조금만 환전해도 지갑이 두꺼워진다.

50,000리알. 호메이니 초상화가 지폐에 새겨져 있다.

몇 원인지 가늠하게 되었다. 어쨌든 리얄을 달러로 바꿔 금액을 환산하면 마음이 조금 편안해진다.

이란은 미국을 비방하면서 적대시한다. 그런데 테헤란엔 달러가 유통되고 미국 상품이 버젓이 판매된다. 미국을 기반으로 한 트위터와 페이스북은 이란에서 공식적으로 차단된 사이트지만, 최고 지도자인 하메네이는 트위터와 페이스북 계정을 개설해 미국을 공격하는 내용을 올린다. 이에 반해 이란인들은 미국 팝송을 엄청 좋아한다. 카페에서도 미국 노래가 펑펑 울린다. 내 이란 친구는 마룬 파이브와 테일러 스위프트의 열렬한 팬이다. 뭔가 이상하고 앞뒤가 안 맞고 또 복잡해 보여도 어쩌면 단순한 상황일 수 있다. 국가가 내세우는 주장과 국민의 생활은 반드시 일치하지 않는다는 것! 특히, 돈에 관련된 일은 이란 정부도 모르는 척한다. 달러가 필요하고 미국 제품이 필요한 것이다. 내 생각엔 미국이라는 존재가 없어지면 오히려 이란 정부가 더 혼란스러워할 것 같다. 어떤 나라나 정치적 대상과 돈은 중요한 문제이고 그 중심엔 언제나 미국이 있으니까.

리얄을 꺼낼 때마다 나는 이란의 최고 지도자였던 호메이니와 마주친다. 그의 초상화가 지폐에 그려져 있어서다. 이곳에서 도박이 금지된 이유 중 하나가 도박판에 돈을 던질 때마다 호메이니 얼굴이 바닥에 떨어지기 때문이라는 소문을 들었다. 그러나 그건 좀 과장된 소문인 것 같다. 테헤란 거리에서 이란인들이 도박하는 광경을 본 적이 있는데 그들은 돈을 신경써서 다루지 않는다. 그냥 툭툭 바닥에 던진다. 혹시 소문이 사실이었다면 정말 화나는 일이다. 누군가를 우상화시키는 자들은 다른 사람들의 말을 절대로 듣지 않는다. 오로지 한 사람을 위해 세상이 움직여야 한다. 오직 그를 향해 세계가 집중되어야 한다. 과오를 숨긴 채 엄지를 세우며 그를 추앙하고, 다른 해석을 금지시킨다. 그런 움직임이야말로 억압과 폭력이란 걸 우리는 너무 잘 알고 있다. 사람과 사람을 잇는 사건에는 감정의 교환이 작용하면서 물리적인 현상까지 작용한다고 나는 믿는다. 억압과 폭력은 눈으로 보고 들을 수 있는, 또 흔적이 남는 물리적인 현상이다. 그런 물리가 차지한 관계에 따뜻함이란 있을 수 없다.

테헤란에선 돈을 많이 소지하고 외출하면 위험해질 수 있다. 치안이 좋은 편이지만 무조건 안전하다고 장담하지는 못한다. 며칠 전엔 테헤란을 방문한 한국인이 괴한에게 납치를 당한 뒤 간신히 탈출했다는 소식을 들었다(물론 이런 사고는 아주 드물게 발생한다). 그래서 여행 가방 깊숙한 데에 숨겨둔 달러들이 무사한지 나는 종종 확인한다. 한국 돈이 미국 돈이 되고, 미국 돈이 다시 이란 돈이 되어야 하는 시간. 하지만 빵을 사며 차를 마실 때 그 안에 얼마나 복잡한 과정이 들어 있는지, 그 안에 얼마나 많은 이란의 과거와 현재가 얽혀 있는지 매번 떠올리기는 힘들 것이다. 이런 무심함은 돈이 사람을 떠나는 방식이자 사람이 돈을 찾는 방식이다. 그럼에도 리얄을 가만히 쥐고 있으면 테헤란의 모습이 흘러간다. 편하게 넘기고 싶은데 불편한 부분이 자꾸 떠오른다. 길을 알기 위해 꺼내는 지도뿐 아니라 리얄에 숨겨진 사연이 내게는 테헤란을 알기 위한 또다른 지도로 여겨진다.

홍차와 각설탕

조화가 차이를 가져올 때

내가 테헤란에 도착한 날, 한국은 기온이 뚝 떨어졌다. 가을로 접어든 것이다. 조금 억울했다. 가을이 나만 다른 곳으로 쫓아낸 것 같았다. 올해 2016년 여름은 엄청나게 무더웠고 테헤란의 여름이 길다는 사실도 알고 있었지만, 계속 더위에 갇혀 살아야 한다는 게 체력적으로나 정신적으로나 쉽지 않으리란 예감이 들었다. 어제는 이란의 서머 타임이 끝나는 날이라 한국과의 시차가 4시간 30분에서 5시간 30분으로 다시 늘어났다. 한국이 밤 10시면 여긴 오후 4시 30분. 서머 타임이 끝났다는 건 여름이 끝났다는 뜻인데, 오늘은 외출했다가 다시 여름을 한아름 안고 숙소로 돌아와야만 했다. 서머 타임만 끝났지 테헤란의 여름은 아직 끝나지 않았다.

그래도 아침과 저녁엔 기온이 많이 내려간다. 곧 가을이 올 거란 기대를 가지게 하는 날씨다. 나는 여름, 가을, 겨울을 보내기 위해 한국에서 이런저런 옷을 챙겨왔다. 여행 가방 안에 아직 풀지 못한 옷이 있을 정도니. 아무리 여름이 길어도 막상 가을이 오면 긴팔을 꺼내놓고 여름을 정리하겠지. 올해는 내가 반팔을 가장 오랫동안 입은 해로 기억될 것이다. 하지만 한국으로 돌아가서 가방 안에 든 반팔을 꺼내면 길었던 올해 여름이 다시 떠오를지 모른다. 내 짐을 내가 제자리로 돌려놓을 때 비로소 여행이 내 시간으로 이어지는 것 같다.

테헤란 사람들은 무더위 속에서도 따뜻한 홍차를 즐긴다. 물이나 음료수를 마시는 것만큼 홍차를 마시는 게 그들의 중요한 일상이다. 사람이 드나드는 곳엔 언제나 대형 홍차 포트가 한쪽에 놓인다. 운전할 때나 손님이 왔을 때도 홍차를 챙긴다. 차를 마시는 습관은 향과 맛을 느끼는 것이며, 차를 마시는 시간을 느끼는 것이다. 그 차분함이 여름을 서서히 가라앉히는지도. 이란인들은 홍차를 마실 때 각설탕을 항상 곁에 둔다. 각설탕 하나를 통째로 입안에 집어넣고 홍차로 천천히 녹여 먹는다. 모두 이런 방식을 따르는 건 아니지만 홍차와 각설탕의 조합을 그들은 아주 사랑한다. 홍차와 각설탕처럼 차에 단것을 더해 먹는 경우는 또 있다. 담누쉬دمنوش와 나버트نبات. 담누쉬는 허브차이고 나버트는 설탕을 붙인 막대사탕이다. 이란에서는 따뜻한 담누쉬에 나버트를 저어가면서 마신다. 얼마나 나버트를 젖느냐에 따라 담누쉬의 맛은 달라진다.

양고기와 토마토, 케밥과 버터, 그리고 홍차와 각설탕. 이곳에 와서 내가 본 조합들이 있다. 기후와 환경으로 터득했을 이런 조합들이 나를 테

홍차와 각설탕. 이란인들은 홍차를 마실 때 각설탕을 함께 먹는다.

대형 홍차 포트. 홍차는 이란인들이 가장 좋아하는 음료이다.

담누쉬와 나버트. 막대사탕처럼 생긴 나버트를 차에 저어가면서 단맛을 조절한다.

때가 되면 이란

이란 예술가 포럼Iranian Artist Forum 건물에 위치한 채
식 카페. 이란 예술가들이 자주 찾는 곳이다.

발리아스르 거리에 있는 카페 라미즈Lamiz, 대학이 밀
집한 지역에 위치한 유명한 카페이다.

테아르트 에 사흐르 역에 있는 테헤란 시립 극장.

헤란으로 조금씩 이끌어준다. 과연 잘 어울리는지 의심하다가도 어느새 그 어울림을 인정하게 된다. 익숙하지 않은 조합에서 새로움을 발견한다. 흔하게 볼 수 있는 재료들을 골라 흔하게 여겨질 수 있는 맛을 다르게 불러오는 방식. 큰 하나로 작은 하나를 전복시킬 때보다 약간의 차이로 뚜렷한 차이를 만들 때 생기는 힘. 이런 방식과 힘에 나는 종종 놀라곤 한다. 지나치게 같아지기 위해, 한꺼번에 전부를 덮어버리기 위해 부족함을 책망하면 욕심이 커질 때가 많다.

홍차를 마시면서 각설탕을 입에 넣어본다. 차를 마시는 동안 따르게 되는 시간에 각설탕이 주는 단맛을 더한다. 차의 묵직한 향이 중심을 잡은 뒤 각설탕의 '각'이 서서히 무너지면 두 개의 결이 섞인다. 홍차 대신 녹차라면 각설탕이 맛을 삼켜버릴 것 같고, 각설탕 대신 가루설탕이라면 단맛이 너무 빠르게 퍼질 것 같다. 분주함을 진정시키고 싶을 땐 홍차만 마셔도 된다. 더워서 갈증이 날 땐 각설탕만 삼켜도 된다. 하지만 홍차와 각설탕이 주는 특유의 만족감이 있다. 조합은 서로를 도와주며 단단해진다. 조화는 서로를 안아주며 부드러워진다. 각자의 자리가 사이좋게 겹쳐진 상태가 즐거운 관계이다.

홍차가 대중적인 테헤란에 커피가 서서히 퍼지는 중이다. 더위 때문에 달게 마시는 커피를 찾는 사람이 많고 원두를 직접 갈아 마시는 커피를 찾는 사람도 많다. 특히 대학들이 밀집한 테아트르 에 샤흐르Te'atre-e-Shahr 역 주변 발리아스르 거리Valiasr St.와 북부의 파야즈 거리Fayaz St.엔 전문적으로 커피를 파는 가게가 늘어나고 있다. 숙소 근처에 커피를 파는 가게가 드물어서 아주 가끔 진한 커피가 그리울 때 지하철을 타고 나는 카페로 향한다. 어떤 날은 카페에 자리가 없을 정도로 손님들이 가득하다. 이제 테헤란의 젊은이들은 카페에서 약속을 하고 카페에서 일을 보는 것에 익숙해졌다. 몇 년 후면 홍차와 각설탕이 아닌 커피와 다른 무엇이 등장한 테헤란을 보게 될지 모른다(그 '무엇'의 자리를 케이크가 차지할 가능성이 가장 크다. 빵과 단맛을 사랑하는 나라인지라 커피와 케이크를 함께 먹는 이들이 자주 보인다). 그러나 다른 물가에 비해 테헤란의 커피 값은 비싸다. 북부의 파야즈 바크흐쉬 거리에 있는 카페들은 더욱 그렇다. 그래서 대다수 사람들은 원두커피 대신 인스턴트커피를 찾는다. 높은 가격은 커피가 쉽게 이란인의 생활에 스며들지 못하는 이유 중 하나일 것이다.

초대장

누군가를 부르는 일

문자 한 통이 왔다. 내일 집을 방문해도 되겠냐는 가스 점검원의 문자였다. 정기적으로 오는 점검원의 문자를 테헤란에서 받아보니 반가웠다. 그는 자신의 일 때문에 연락을 했을 뿐이지만 내게 그 문자는 집의 상황을 묻는 안부처럼 다가왔다. 내가 없어도 집을 찾아오는 이가 있다는 사실. 내가 없어도 누군가 나를 찾는다는 사실. 내 집을 누군가 잠시 보살펴준다는 사실. 그런 상상들 때문에 나는 서울에 있는 집을 떠올리고, 집에 있는 가스 밸브를 떠올리고, 큰 사고 없이 혼자 웅크리고 지낼 작은 방을 떠올렸다. 잠시 잊었던 집에 내가 다시 초대를 받은 기분이었다. 점검원에게 겨울에 돌아가니 나중에 뵙겠다는 답장을 보냈다. 그때는 내가 그를 기다리면서 테헤란을 떠올리고 있겠지.

나를 불러주는 누군가가 존재한다는 건 행복한 일이다. 공간과 사물과 사람을 기억하면서 시선과 표정을 나눌 수 있으니. 분위기와 대화하면서 자신에게 다시 대화를 돌릴 수 있으니. 반갑고 즐거운 초대를 거절하지 못하는 이유는 이런 공간과 사물과 사람이 만드는 연대에 끌리기 때문일 것이다. 그러나 가끔 원치 않는 초대를 받으면 망설여진다. 그럴 땐 초대한 사람과의 관계를 고민한다. 내가 가도 되는 건지, 만약 간다면 어떤 말을 건넬 수 있을지. 발신과 수신이 어울리면 즐거워지지만 둘 중 하나라도 어긋나면 어색해지는 게 초대다. 부르는 순간에 끝나는 게 아니라, 부르고 나서 이어지는 시간 역시 초대 안에 들어가 있기 때문이다.

이란인은 지인들을 자주 집으로 초대한다. 집에서 음식을 대접하고 집에서 자고 가기를 권하곤 한다. 초대를 누군가와 친근해지기 위한 동기와 과정으로 생각한다. 이란에 머물면서 이란인의 초대를 못 받은 사람은 이란을 제대로 경험하지 못한 거나 마찬가지라는 말까지 나온다(아직 한 번도 초대받지 못한 나는 과연 어떤 사람일까?). 그런가 하면 아주 신중하게 초대를 준비하는 경우도 있다. 테헤란 거리에는 초대장을 파는 가게가 자주 보이는데 주로 결혼을 준비하는 연인들을 위한 곳이다. 내가 머무는 동네에만 이런 가게가 수십 개나 있다. 청첩장을 정성스럽게 마련하는 일은 이란인들에게 아주 중요하다. 결혼을 알리는 카드의 무늬, 그리고 문장은 다른 사람들과 시작을 함께하겠다는 첫번째 약속인 셈이다. 이란인들이 부고를 전하는 방식 역시 초대장에서 시작한다. 유족은 망자의 사진이 담긴 부고장을 크게 만들어 그가 살던 동네에 붙인다. 죽음을 공손하게 마중하는 일을 주민들에게 알리는 것이다.

초대장 가게에 전시된 초대장들. 이란에서는 중요한 일을 치를 때 초대장을 보낸다.

벽에 붙어 있는 부고장. 이란에서는 고인의 얼굴과 인적 사항을 적은 부고장을 마을 곳곳에 붙여 한 사람의 죽음을 이웃들에게 알린다.

때가 되면 이란

성지 순례를 떠나기 전 함께 갈 사람에게 건네는 초대장도 있다. 종교적인 장소에서 종교적인 신념을 새기기 위한 시작점이 초대장인 것이다. 아직 그런 초대장을 본 적이 없어서인지 성지로 가는 길을 연결해주는 문장이 무척 궁금하다. 멀고 고단할 여정에 기꺼이 동료가 되어줄 상대를 확신하는 서신. 어떤 의지는 말보다 글에 더 절실하게 녹아든다. 만약 내가 여행에 친구를 초대한다면 누구의 이름을 적을 수 있을까? 기꺼이 내 초대를 받아줄 친구는 있을까? 어떤 글로 친구에게 우리가 함께할 여행을 이야기해줄 수 있을까? 기나긴 동행을 위해 초대장을 쓰는 건 결코 쉬운 일이 아닐 것 같다.

번거롭고 손이 많이 가 허식처럼 다가오고, 그래서 형식적인 문장으로 장식한 초대장이 떠돌긴 해도 누군가는 자신의 소중한 마음을 초대장을 통해 전한다. 이란인들은 그런 정성을 큰일을 치르기 위한 중요한 순서로 여긴다. 초대장에는 초대하는 순간부터 생기는 무게감이 이미 더해져 있을 것이다. 짧은 예고처럼 보이지만 결말을 짐작할 수 없는 서사가 그 안에서 손님을 기다린다. 초대장의 문장이 앞으로의 시간을 함께 지키겠다는 다짐으로 해석되는 건 이런 이유 때문이다.

세상엔 다양한 초대장이 손님을 기다린다. 책 속의 자서自序는 독자에게 보내는 작가의 초대장이며, 포스터는 관객에게 보내는 제작진과 배우의 초대장이다. 쓰고 만든 이가 소중한 소감을 담아 상대를 찾는 이런 초대장들은 말과 의미를 함께 느껴보자고 전하는 짧은 편지이기도 하다. 그런가 하면, 여행을 위해 끊은 비행기나 버스 티켓은 자신을 다른 세계에 시도해보려는 초대장이다. 계획했으나 계획이 어긋날 걸 짐작하면서, 예상한 일이 예상하지 못한 일과 섞일 걸 알면서 낯선 시간에 몸을 놓아보려는 결심이 이런 티켓들에 담겨 있다. 어쩌면 나도 테헤란으로 나를 초대했는지 모른다. 때로는 답답한 마음을 억지로 외면했지만 그동안 이곳에서 나는 얼마나 내게 응답하면서 지냈는지 돌아본다. 집으로 나를 잠시 초대한 문자 한 통이 테헤란의 하루를 조금 다르게 펼치고 있다.

루싸리

가리는 사람들, 가려진 시간들

10월이 되자 날씨가 부쩍 시원해졌다. 따갑게 느껴지던 열기는 가라앉았고 기온은 매일 20도 근처에서 맴돈다. 8월부터 내가 겪었던 이곳의 무더위가 비로소 누그러지는 듯하다. 거리를 걷다 그늘에 앉아 쉴 때면 나도 모르게 "가을이구나!"라고 말을 한다. 누가 선언하지 않더라도 혼자 느끼는 날씨와 분위기만으로 새로운 계절을 실감할 수 있다. 특히 옷차림이 이런 계절의 변화를 확실하게 드러내준다. 거리엔 긴팔이 자주 보이고 밤이면 두꺼운 옷을 입은 사람까지 등장한다. 그러나 여성들의 차림새는 변화가 없다. 분명히 어떤 변화가 있겠지만 내 눈에는 비슷하게 다가온다. 여름부터 그들은 몸의 대부분을 가리고 다녔다. 지금도 마찬가지다. 재질이나 두께가 바뀌었어도 가까이에서 확인하지 않으면 그 차이를 알기 어렵다.

이란 여성들의 복장은 다양하다. 어떤 부분을 가리고 어떻게 가리느냐에 따라 옷의 이름이 달라진다. 얼굴의 일부분만 빼고 모두 가리는 차도르, 길이와 모양이 망토와 같은 먼토مانتو, 히잡의 일종으로 목과 머리를 감싸는 셜شال, 가볍게 머리에 걸치는 히잡, 루싸리روسری까지. 어쨌든 여성들의 복장은 몸을 가린다는 데에 방점이 찍혀 있다. 남성들은 반바지만 아니면 자유롭게 옷을 입어도 되지만 여성들은 여전히 종교적인 관습 때문에 노출에 신경써야 한다. '덮는다'는 뜻의 차도르. 이 단어만으로 여성들이 얼마나 많은 부분을 덮고 이슬람 국가에서 살아야 하는지 짐작할 수 있다. 그 시작이 바로 몸을 덮는 옷인 것이다. 이슬람 혁명 이후 이란에선 복장 규정이 의무화되었다. 여성들이 머리카락을 노출하는 것은 불순하고 무례한 일로 여겨지며 이를 어길 때엔 처벌을 받는다. 차도르와 히잡을 착용해야 한다는 이런 주장은 신체 제약을 통해 여성의 자기결정권을 간섭하려는 남성 중심적 사고에서 비롯된 것이다.

복장은 언제나 눈에 쉽기 띄기 때문에 여성들은 관습을 지키며 살아가야 한다. 그러나 그들은 다양한 색깔의 옷을 입는다. 선글라스를 끼거나 머리를 염색하기도 한다. 노출을 하지 않는 범위에서 여성들은 자신들을 즐긴다. 또 차도르와 먼토를 입는 여성들이 있는 반면 상하의를 편하게 입고 머리에 셜이나 루싸리를 걸친 여성들도 있다. 루싸리는 아주 가볍고 착용이 간편한 스카프를 통틀어서 지칭하는데, 일반적으로 외국 여성들이 이란에 오면 이 루싸리로 머리를 가린다. 하지만 집에 머물거나 친구들끼리 어울릴 때는 복장을 자유롭게 하는 여성들도 많다. 이란 남성들은

모가담 박물관Moghadam Museum 정원에서 히잡을 쓰고 사진을 찍는 여성들.

히잡 가게. 히잡을 마네킹 머리에 씌워 판매하고 있다.

여성 인권을 위해 머리에 직접 히잡을 쓰고 히잡에 반대하는 운동을 벌이기까지 한다. 강요된 시선을 거부하는 이들이 존재하는 것이다.

가장 엄격하게 적용하면서 가장 쉽게 규율할 수 있는 것이 외형이다. 머리 짧게 잘라라. 치마가 그게 뭐니? 남자답게, 여자답게 하고 다녀라. 쓸데없는 참견들! 쓸데없는 관심들! 외형을 모든 일의 시작으로 여기는 태도와 외모를 아무렇지 않게 지적하는 모습을 나는 너무나 오랫동안 경험해왔다. 그 사람이 어떤 시각을 가지고 있는지, 무엇을 바라보는지 알기도 전에 외형만으로 많은 부분을 짐작해버리는 것이다. 사정은 조금 달라도 이란 여성들에게 복장을 강요하는 것 또한 그들을 통제하고 평가하려는 수단 중의 하나로 내게 다가온다. 개인의 판단은 끼어들지 못하게 하고 개인의 위반만을 잡아내려는 움직임처럼 느껴진다.

테헤란에선 루싸리를 걸친 여성들이 늘어나고 있다. 누군가는 이런 변화를 이란 전체의 변화를 보여주는 징후로 여긴다. 루싸리가 분명히 동력이 될 수는 있다. 그런데 루싸리는 규율 안에서 이루어진 변화이자 규율을 완전히 벗어나지 못한 변화이다. 이전보다 이란 여성들의 인권과 권리가 향상되었다고는 하지만 머리를 가리는 관습은 양성이 아닌 여성에게만 강요된 규율이다. 선택의 기회를 박탈당한 채 여성이라는 이유로 정해진 복장을 물려받아야 한다. 의심하는 눈빛은 질타를 받는다. 이슬람식 복장을 선택하겠다는 입장이 마땅히 존중받아야 한다면 이슬람식 복장을 선택하지 않겠다는 입장 또한 존중받아야 한다. 외형을 가두는 일은 결국 내면까지 가두는 일로 향할 테니까.

  '무조건 지켜야 해!' 혹은 '무조건 자유롭게 해!'라는 말은 강압이 될 수 있다. 그러나 '네 의지대로 해'라는 말은 배려가 될 수 있지 않을까? '무조건'은 나 자신마저 조건이 될 수 없는 상태이다. 자신이 사라져버린 행동에 자신이 책임을 져야 하는 강제이다. 자신이 조건의 한 부분이 되면서 행동의 이유가 된다면 책임은 자연스럽게 한 사람 한 사람에게 주어질 것이다. 루싸리가 어떤 의지의 표현처럼 각인될지 모르지만, 그 의지 앞에는 '무조건 지켜야' 한다는 명령이 제 몸을 숨긴 채 버티고 있다. 루싸리를 걸친 모습이 규율 안에서 허락된 최대치로 남지 않았으면 좋겠다.

타진

빵과 케밥에서 벗어나기

숙소에서 나는 프랑스인을 자주 만난다. 투숙객의 3분의 2 이상이 프랑스인들이다. 나머지 3분의 1은 중국인들이나 다른 유럽인들이며, 한국인 여행자는 아직까지 보지 못했다. 한국인들이 주로 찾아가는 호스텔이 있다고 들었지만, 나는 이 숙소에서만 지냈다. 어떤 날은 나를 제외한 모든 투숙객들이 프랑스인일 때도 있다. 그만큼 프랑스는 이란과 친근하다. 프랑스산 중고차들이 도로를 질주하고 많은 프랑스인들이 이란을 여행한다. 내가 이 호스텔의 위치와 전화번호를 발견한 곳 역시 프랑스 여행 사이트였다. 또 이란에서는 가벼운 감사의 표시로 프랑스어인 'merci'를 사용한다. 이슬람 혁명이 일어나기 전 호메이니가 프랑스에 체류한 적이 있어서 혁명 이후에도 두 나라는 우호적인 관계를 이어왔다.

프랑스 여행자들은 종종 이란 음식에 대해 아쉬움을 드러낸다. 식당에서 파는 음식이 그리 다양하지 않다고. 결국 빵 아니면 케밥이라고. 심지어 케밥을 시켜도 얇은 포처럼 생긴 빵, '라버쉬لواش'가 나온다고. 테헤란 거리엔 패스트푸드점이 있다. 그러나 여행자는 되도록 현지 음식을 맛보길 원한다. (심지어 패스트푸드점에서 치킨을 시켜도 빵이 함께 나온다.) 여러 가지 요리를 갖가지 방법으로 즐기는 프랑스인들에겐 이란의 식당이 야속할 것이다. 나 역시 지금까지 빵과 케밥을 엄청 먹었다. 다르게 말하면 이곳에서 절대 빼놓을 수 없는 음식이 빵과 케밥인 것이다. 바르바리부터 고기와 채소를 넣어 만든 샌드위치, 양고기 케밥, 닭고기 케밥, 생선 케밥까지. 결국 빵과 케밥이 지겨워 나는 마트에서 라면을 구입했다. 이곳 라면은 돼지고기를 뺀 할랄 식품이라 풍미가 부족하고, 이란인들 입맛에 맞춘 까닭에 매운 맛까지 덜하다. 무엇보다 중요한 건 매일 라면만 먹고 살 수 없다는 사실. 그래서 요즘엔 단골집 대신 새로운 식당에 가보려고 노력한다. 식당마다 음식의 맛과 모양이 약간씩 차이가 나기 때문이다. 며칠 전에 이맘 호메이니 광장에 있는 전자 상가를 구경하고 오다가 새로운 식당을 발견했다. 당연히 케밥을 파는 곳이었고, 조금 다른 맛을 기대하면서 당연히 또 케밥을 시켰다. 그때, 이 식당에서 나는 한 손님이 주문한 '타진طجين'을 보았다.

이란은 '사프란'을 사랑하는 나라다. 사프란으로 음식을 만들고, 사프란을 탄 냉수를 마시고, 사프란으로 만든 차를 즐긴다. 케밥에 곁들이는 하얀 밥 위에는 사프란으로 노랗게 물들인 밥을 얹는다. 이란 동부의 마슈하드mashhad는 사프란의 주산지이며 여기서 생산된 고급 사프란의 가

닭고기 케밥. 사프란으로 물들인 노란 밥이 보인다.

생선 케밥. 이란인은 육류를 자주 먹지만 생선을 구워서 케밥으로 먹기도 한다.

때가 되면 이란

타진. 사프란으로 물들인 밥 사이로 닭고기를 넣어서 만든 이란 전통 요리이다.

격은 금보다 비싸다. 타진 또한 사프란이 중심이 되는 요리다. 사프란으로 물들인 밥 사이에 닭고기를 넣어서 만든다. 완성된 타진 위에는 말린 앵두를 고명으로 뿌린다. (타진이란 이름은 나중에 친구에게 물어보고 알았다.) 식당에서 타진을 본 순간 나는 한참을 쳐다봤다. 생김새가 예뻐서 맛이 케밥과 다를 것 같았다. 결국 며칠 뒤에 타진을 시켜 먹었다. 고기 요리인데도 엄청 담백했고 밥알은 아주 꼬들꼬들했다. 양념 또한 적당해서 쉽게 물리지 않았다.

그동안 내가 타진을 못 본 건지, 타진을 외면한 건지. 만약 타진을 몰랐다면 빵과 케밥을 계속 주문했을 게 뻔하다. 자세히 살펴보면 이란에는 다양한 음식들이 있다. 그러나 나는 복잡한 게 싫어서 누구나 먹는 음식을 편하게 주문했었다. 여행지에 가면 대체로 타인의 경험을 믿는다. 여행지에선 혼자 내린 결정이 두려울 때가 있기 때문이다. 많은 여행자로 인해 반드시 가야 할 곳이 보이지만 거기로 몰린 많은 여행자 때문에 여전히 낯선 곳이 존재한다. 마찬가지로 많은 여행자 때문에 빵과 케밥이 유명해졌지만 거기로 몰린 많은 사람 때문에 타진이 드러나지 않았던 것이다. 타진은 오래전부터 있었던 음식이자 내가 테헤란에서 지나쳐온 음식이다.

이곳에 머무는 동안 나는 프랑스인들과 다른 외국인들의 도움을 자주 받았다. 그들은 내가 아는 것보다 훨씬 풍부한 정보를 가지고 있었다. 그들의 추천은 때론 든직한 조언이었으며, 때론 편안한 안내였다. 나는 그 정보들에 자주 의지했다. 대다수가 가보는 장소와 대다수가 먹는 음식은 '대다수'라는 이유 때문에 여행에 관한 '설명'이 돼버리곤 한다. 또 여행자는 이런 설명에 따르는 걸 여행의 '증거'로 여긴다. 하지만 내가 쌀과 고기와 사프란에는 익숙하면서 타진을 몰랐던 것처럼, 대다수는 큰 부분일 뿐 전부는 아니다. 모든 걸 의미하진 않는다. 테헤란에 온 지 두 달이 돼가는 요즘, 이제야 눈에 들어오는 것들이 있다. 아마 대다수가 아는 장소와 음식을 그동안 겪었기 때문일 것이다. 남들이 하는 건 다 해봐야 한다는 조바심. 남들 사이에 들어서고 싶은 욕심. 타진을 먹은 후부터 여행을 도와주는 설명과 증거를 떠올려본다. 여행을 차지하려는 설명과 증거를 떠올려본다. 조금씩 다른 느낌들이 각자의 증거가 될 때 여행은 비로소 우리를 설명해줄 것이다.

간이매점 앞에서 선 채로 신문을 읽는 시민들. 그러나 신문을 사는 이는 드물다.

신문

보지 않고 믿지 않는 기사

테헤란이 이란의 수도이자 880만이 넘는 인구가 사는 대도시임을 보여주는 건 빼곡한 건물들과 엄청난 양의 자동차들이지만, 그것들만큼 거리를 채우며 대도시의 일상을 드러내는 건 바로 간이매점들이다. 테헤란엔 슈퍼나 마트보다 훨씬 많은 간이매점들이 있다. 음료, 과자, 빵, 담배, 문구…… 간이매점은 생활에 필요한 물건들을 좁은 공간에 빼곡히 쌓아놓고 판다. 덕분에 마트에 가지 않더라도 간단한 것들은 간이매점에서 해결할 수 있다. 더운 날씨 때문에 음료를 구입하는 이들, 배가 고파 간식을 사는 이들, 돈이 넉넉하지 않아 까치담배를 구입하는 이들, 바쁜 테헤란 사람들에겐 어느 거리에서든 자신들을 맞이해주는 간이매점이 휴식처인 셈이다.

그런데 그들은 음료나 간식, 담배는 사면서 간이매점 앞에 놓인 신문은 좀처럼 사지 않는다. 물건을 사러 왔다가, 아니면 그냥 지나치다가 잠시 멈춰 서서 읽고는 이내 제 갈 길로 가버린다. 아예 신문에 손을 대지 않고 앞면의 뉴스만 대충 읽는다. 이곳 역시 인터넷 신문이 발행돼서 종이 신문의 인기는 예전보다 못할 것이다. 또 신문 살 형편이 안 되는 사람이 있을 것이고, 그렇다고 사지 않을 신문을 막 넘겨보는 건 주인한테 미안하겠지. 세세한 내막은 모르지만, 진열된 상태 그대로 사람들이 신문을 훑는 풍경을 나는 매일 마주한다. 비슷한 상황은 숙소에서도 일어난다. 숙소 로비에는 신문함이 놓여 있다. 그러나 신문의 부수가 줄어드는 일은 드물다. 모두가 신문에 관심이 없다. 신문은 정부가 주도하는 일종의 기관지이며 공짜로 가져갈 수 있다. 아마 쉽게 배포하기 위해 사람들이 드나드는 곳에 신문함을 설치한 것 같다. 그런데 대다수가 그런 노력을 외면해버린다.

이란인들 중에는 언론이 내보내는 기사에 무관심하거나 기사를 신뢰하지 않는 이들이 제법 많은 듯하다. 정부가 하는 일이 기사의 중심이 되고, 과장하거나 사실을 숨긴 내용이 그 기사에 포함되기 때문이다. 다양한 매체와 언론사가 존재해도 결국은 검열과 통제에 부딪친다. 그래서 이란인들은 신문을 더욱더 믿지 않는다. 오히려 외국 언론에 귀를 기울인다. 검열과 통제는 언론뿐 아니라 여러 분야에 손을 뻗치고 있다. 이란인들은 문학을 사랑하고 특히 '시'를 매우 좋아한다. 하피즈Hafez가 창작한 몇백 년 전 작품뿐 아니라 현대 시에 이르기까지, 그들은 어렸을 때부터 시를 읽고 어디서든 시를 이야기한다. 시에 대해 물어보면 누구나 친절하게 설

이란 신문의 1면은 주로 종교적인 내용이 차지한다.

이란에는 다양한 신문이 발행되지만 언론 자체를 신뢰하지 않는 이들이 많다.

때가 되면 이란

명해준다. 테헤란엔 시인의 이름을 붙인 지하철역도 많아서 사람들은 언제나 그 이름들 속에서 생활을 한다. 이런 분위기임에도 불구하고 이란 작가들이 활동하는 데에 검열은 걸림돌이 된다. 창작을 하면 제약에 갇힌다. 책을 내고 싶지만 검열에 걸릴까봐, 아예 출간을 포기하는 작가들이 있다. 미술과 음악은 더 심하다. 자유롭게 활동하기가 어려워 외국으로 나가 활동하는 이들이 많다.

하고 싶은 말과 글을 마음대로 옮길 수 없으면 느끼고 싶은 감정마저 박탈당하고 만다. 반성하고 희망할 수 있는 기회마저 숨겨야 한다. 모두 다른 눈을 가졌는데 하나의 구멍으로 세계를 바라봐야 한다. 그래서 이란인들은 정부의 감시망이 작동하지 못하는 인터넷 메신저로 대화를 나누고, 누군가 쉽게 접근하지 못하도록 계정을 비공개로 설정해둔다. 신문에서, 또 방송에서 나오는 수많은 문장과 장면을 외면한 채, 보이지 않는 말과 글로 보이지 않는 관계를 만든다. 문장을 함부로 쓰지 못하는 현실만큼, 원하지 않는 사실들을 읽고 듣는 현실, 일방적인 사실들만 반복해서 마주하는 현실을 받아들이기는 힘들 테니까.

필요한 만큼 정확하게, 해야 할 순간에 망설임 없이, 치우치지 않고 공평하게, 어떤 소식을 전하고 또 쓰는 과정은 참 어렵다. 언어가 오갈 때 누군가를 배려하지 못해 그동안 내가 저지른 실수들만 떠올려도 아득하다. 그러나 신문은 그걸 하기 위해 존재한다. 어렵기 때문에 더 신중하게, 어렵기 때문에 더 구체적으로 소식을 다룬다. 신문이 가야 할 길이 외부의 힘에 의해 막혀버린다면, 스스로의 힘과 논리에만 갇혀버린다면 과거와 현재를 보듬으면서 미래를 전망할 방법은 줄어들고 만다. 신문을 보지 않는 사람들, 신문을 믿지 못하는 사람들은 무엇을 확인하며 무엇을 확신할 수 있을까? 꼼꼼한 설계도 없이 균열이 발생한 곳만 봉합하려고 보수만 진행하는 건물은 오래 버티기 힘들다. 간이매점과 신문함에서 온전한 상태로 다시 떠나야 하는 신문들의 목적지는 어디일지. 문장을 건네지 못한 채 사라져버릴 신문들이 테헤란 곳곳에 쌓여 있다.

모하람 기간에 검은 옷을 입고 종교 행사에 참석한 테헤란 시민들.

이란에서 술 대신 판매되고 있는 무알코올 맥주.

아락

몰래 이어져온 전통술

한국과 이란의 월드컵 예선 경기가 테헤란 아자디 경기장에서 열렸다. 경기일이 하필 '터슈어تاسوعا'와 겹치는 바람에 이곳에선 이런저런 논란이 일었다. 터슈어는 무함마드Muhammad의 손자 압바스 이븐 알리Abbas ibn Ali 의 추모일이다. 그리고 터슈어 바로 다음날엔 수니파에게 살해된 시아파 지도자 이맘 호세인Imam Hossein의 추모일 '어슈러عاشور'가 이어진다. 시아파에게 상징적인 이 기간 동안 신자들은 검은 옷을 입고 압바스 이븐 알리와 이맘 후세인을 기린다. 이슬람 종파는 크게 다수파인 수니파와 소수파인 시아파로 나뉘는데 시아파의 중심 국가가 바로 이란이다. 그래서 터슈어에 왜 축구를 하느냐는 종교 지도자들의 불만과 일부 신도들의 질타가 있었던 것이다. (물론 종파나 종교 행사에 크게 신경쓰지 않는 이들이 더 많다.) 어쨌든 경기는 무사히 마무리됐다. 나는 숙소 로비에서 직원들과 함께 TV로 경기를 봤다. 축구하는 날엔 맥주를 마셔야 하는데⋯⋯ 경기가

시작되기 전부터 나는 술이 그리웠다. 그러나 어쩔 수 없었다. 공개된 장
소에서 술을 마시며 축구를 보는 일은 테헤란에선 불가능하다. 게다가 이
슬람력으로 첫번째 달인 '모하람عَرَم'에는 터슈어와 어슈러처럼 중요한
날들이 이어져서 평소에 술을 마시는 이들까지 술을 자제한다.

이란인들은 술을 즐긴다. 위스키, 보드카, 와인, 맥주처럼 밀매되는 외
국 술을 마시는가 하면, 서아시아 지역의 전통주인 '아락عَرَق'을 직접 담
그거나 사서 마시기도 한다. 알코올중독자가 사회 문제가 된 걸 보면 이
란엔 술을 마시는 이들이 생각보다 훨씬 많은 듯하다. (이제는 나도 몰래몰
래 술을 마신다. 꽤 오래 참았지만 결국 무너지고 말았다.) 밀매되는 술은 상당
히 비싸며 종류와 유통 과정에 따라 가격이 다양하다. 테헤란에선 위스키
한 병에 대략 100달러이고 맥주는 작은 캔 하나가 15달러다. 소주는 작은
종이팩이 15달러에 거래된다. 거나하게 마시려면 돈이 엄청 든다. 밀매
는 위험하다. 단속이 심하지 않지만 적발되면 처벌을 받게 되니 항상 조
심해야 한다. 특히 여행자들은 더 위험할 수밖에 없다. 밀매상은 주로 오
토바이나 차를 타고 술을 배달해준다. 의사소통에 문제가 생기면 곤란해
진다. 자칫 술을 받지 못하거나 돈을 더 지불해야 한다. 가짜 술을 받을 가
능성까지 있다. 또 술을 마실 장소가 호스텔이나 호텔밖에 없어서, 낌새
를 챈 무슬림이 신고를 해버리면 곧바로 경찰이 들이닥친다.

결국 테헤란에서 여행자들이 싸고 편하게 술을 마시긴 힘들다. 현지인
을 통해 술을 구입한 뒤 안전한 곳에서 마시는 게 제일 좋은 방법이다. 만

약 음주를 이해해주는 숙박업소 사장을 만나면 참 행운일 것이다. 구입부터 장소까지 숙소에서 해결이 가능하니까. 현지인 집에 가서 술을 마시는 것 또한 좋은 방법이다. 경찰이 개인 주택에 들이닥치는 경우는 드물 테니(그러나 무언가를 단속하러 주택까지 침입하는 경찰이 있다는 소리를 듣기도 했다). 종교와 법 때문에 술을 마시지 않는 이란인들은 많지만, 그들이 술을 이야기하는 일까지 주저하는 건 아니다. 누군가는 술을 찾고 누군가는 술을 좋아한다는 사실을 모두 알고 있다. 이란 친구들에게 술에 대해 물어봐도 자세하게 설명해준다. 오래전부터 지금까지 아락을 마시는 걸 보면 이란은 분명히 술을 즐기는 나라이다.

곡물을 증류해서 만든 아락은 소주의 기원이라는 설이 있다. 서아시아에서 동아시아로 건너온 뒤 소주를 제조하는 방식에도 영향을 줬다는 것이다. 밀매되는 술과 달리 아락은 주로 이란인들이 집에서 만들어 마시는 술이다. 그래서 술을 좋아하는 이란인 집에 초대된 여행자들은 아락을 마실 수 있다고 한다. 이런 아락이 졸지에 밀주로 바뀌어버린 건 이슬람 혁명 뒤 선포된 금주령 때문이다. 어떤 곳에선 전통주를 만드는 이가 장인으로 대우받는데 이란에선 전통주를 만드는 이가 범법자로 처벌받는다. 그러나 아락은 사라지지 않고 살아남았다. 단속과 감시의 틈에서 술을 빚고 마시던 이들이 지금까지 아락을 지켜온 셈이다.

테헤란 사람들은 대개 외국 술을 마신다. 아락을 찾는 이들은 많지 않다. 그래서 아락은 내게 소문 같은 존재이다. 아직 실물을 보지 못했다. 어쩌면 내가 한국으로 가기 전까지 보지 못할 수 있다. 나는 아락이 특별한 맛을 가졌을 거라고 기대하진 않는다. 그보다는 고난 속에 이어져온 '아락'이라는 이름과 아락을 마시는 사람들의 입장에 눈이 간다. 은밀하지 않았는데 갑자기 은밀해져버린 일. 술과 함께한 시간이 갑자기 범죄로 변해버린 일. 아락은 그런 변화들을 품었다. 그리고 밀매되는 외국 술 사이에 외롭게 남겨진 이란의 전통술이 되었다. 조심스럽게 존재를 숨겨왔으므로 변하지 않은, 애매한 상황에 아락이 놓여 있는 것이다.

한 친구가 아버지가 '몰래' 마시는 아락을 내게 '몰래' 가져다주겠다고 약속했다. 이곳에선 비밀이 자주 생기고 비밀을 자주 잊어버릴수록 편하게 지낼 수 있다. 테헤란은 술을 즐기지 않는 사람에겐 전혀 문제가 없는 도시이지만 술을 마시는 사람에게는 불편한 도시이다. 정말 마시고 싶을 땐 힘든 게 사실이다. 과정이 번거롭고 술값이 비싸서 포기하는 게 익숙해졌으나 술에 대한 희망을 버리지 못하는 날이 꼭 생긴다. 그럴 땐 참아보고 참아보다가 술 대신 이란에서 만든 무알코올 맥주를 마신다. 맛이 맥주와 똑같다. 알코올만 섞으면 바로 맥주로 착각할 만큼. 과일을 넣은 무알코올 맥주는 종류가 다양하고 색다른 맛이 난다. 게다가 관광지로 유명한 시라즈는 한때 와인으로 유명한 도시였다고 하니, 내가 계속 불법을 조장하는 것처럼 보여도 어쩔 수 없다. 이란은 마음만 먹으면 언제든 술을 제대로 만들 수 있는 나라라고 나는 확신한다. 충분한 저력을 지녔다. 그래서 더욱 아쉽고 슬플 따름이다.

테헤란에 머무는 동안 맥주가 그리울 때면 나는 무알코올 맥주를 사서 마셨다. 맛은 맥주와 아주 비슷하지만 아무리 마셔도 취하지 않는다.

때가 되면 이란

세타르

일상과 함께하는 악기

기타를 잘 치는 사람이 언제나 부러웠다. 부드럽게 운지를 이어가는 한쪽 손과 정확하게 주법을 구사하는 다른 손이 동시에 움직이면서 끌어내는 소리. 기타를 치는 사람을 보고 있으면 귀로 연주를 들으면서 눈으로 연주를 느끼게 된다. 얼마나 많은 노력과 얼마나 섬세한 감각을 쏟아야 아름다운 음악을 만들 수 있을까? 현을 이해하고 손을 현에 맡기는 과정이 쉬운 일처럼 보이지 않는다. 나도 기타를 사서 나름대로 연습을 해봤지만 좋은 소리에 닿는 길은 멀기만 하다. 내 손가락은 왜 이렇게 굳었는가? 내 음감은 왜 이렇게 저주받았는가? 그때마다 이건 실력의 문제가 아니라 기타의 문제일 거라며 불평을 한다. 하지만 내 기타를 다른 사람이 치면 언제 그랬냐는 듯 소리가 청명하게 울린다. 역시 연주는 아무나 할 수 있는 게 아니다.

악기는 사람이 표현할 수 없는 소리를 만들어준다. 음이 있고, 박자가 있고, 높낮이가 있다. 어떨 땐 그 소리가 대화처럼 들린다. 감정과 의미를 마음에 새겨준다. 나라마다 언어가 다른데도 악기 모양이 비슷한 이유는 소리에 대한 인간의 교감 능력이 크게 다르지 않기 때문일 것이다. 그래서 낯선 나라에서 악기를 보면 반갑고 친근하다. 말을 하지 않아도 편안하게 다가오는 감각들이 있다. 테헤란에서 나는 그런 악기를 마주했다. 세타르ستار. 우리가 잘 알고 있는 인도 악기 시타르Sitar는 바로 이 세타르에서 기원했다. 페르시아에서 탄생한 악기가 북인도로 건너간 뒤 시타르로 변형되었다고 한다. 세타르는 보통 4개의 현으로 이루어져 있고 크기는 기타보다 훨씬 작다. 한 손을 울림통에 고정시킨 채 손가락을 움직이며 연주하는 악기다. 연주법이 정적이라 그런지 소리 또한 억세지 않고 차분하다.

내가 처음 세타르를 본 건 버스 안에서였다. 버스가 정류장에 멈췄을 때 갑자기 남성 악사 두 명이 여성 칸으로 뛰어들어 세타르를 연주하기 시작했다. 다시 버스가 출발한 뒤에도 그들의 연주는 한참이나 이어졌다. 누구도 항의하거나 제지하지 않았다. 승객들은 조용히 연주를 감상했다. 몇몇 여성 승객은 그들 앞에 놓인 상자에 돈을 넣었다. 나는 남성 칸에서 그들의 연주를 바라봤다. 버스를 타는 게 어색했던데다가 하차할 정거장을 외우며 창밖을 줄곧 바라봤기 때문인지 그들의 연주를 들을 때까지 나는 약간 경직돼 있었다. 그러나 세타르 연주를 들을수록 조금씩 마음이 풀리기 시작했다. 버스에 탄 남녀 모두 연주를 들으며 잠시 웃거나 표정을 가

세타르를 연주하는 상인.

악기점에서 판매되고 있는 이란 전통 악기들.

다듬었다. 정확하게 칸이 나누어진 테헤란의 버스에서도 음악은 사람들을 자연스럽게 묶어주었다.

그리고 보면 테헤란에서 와서 나는 세타르를 자주 보았다. 상점에 들어가면 세타르를 연주하는 주인이 있고, 거리에서도 세타르를 연주하는 악사들이 있다. 특별한 날이나 특별한 곳에서 보는 악기가 아니라 일상에서 마주치는 악기가 세타르다. 세타르뿐 아니라 이란인은 전통 악기를 다루는 데 능숙하다. 사람들이 모이면 으레 악기를 연주하며 노래를 부르고 흥을 만든다. 음악 앞에선 망설임 없이 함께 어울린다. 딱딱한 관계를 무력화시키고 떨어진 사이를 좁히는 힘. 이란인이 악기와 음악을 좋아하는 이유는 종교와 관습이 끼어들기 힘든 고유의 영역을 그것들이 만들어주기 때문인지 모른다.

이란은 아시아로 분류된 나라다. 나는 아시아라는 기준이 어떻게 만들어졌고, 어떤 식으로 고정됐는지 정확하게 알지 못한다. 하지만 테헤란에 있으면 이란이 아시아라는 사실을 잊어버릴 때가 생긴다. 우선 사람들의 생김새가 아주 다양하다. 어떤 사람은 내가 생각하는 서아시아인처럼 생겼고 어떤 사람은 유럽인처럼 생겼다. 또 어떤 사람은 중앙아시아인에 가까운 생김새를 가지기도 했다. 유럽과 아시아 국가들에 둘러싸여 있으면서 오랫동안 넓은 영토를 넘나들던 역사가 지금의 이란을 만들었다. 실크로드가 지나는 곳이었으며 쿠르드족이나 터키계 사람들까지 삶을 이어온 땅이 이란이다. 그래서 다른 언어와 문화가 공존하는 지역이 많다. 이런 역사처럼 세타르 또한 여러 나라를 넘나들며 여러 사람들과 자주 어울렸을 거라는 생각이 든다. (쿠르드족 독립 문제는 여전히 이란이 풀지 못한 문제 중 하나이다.)

이란 시인들은 시를 낭독하면서 시에 대해 이야기하는 걸 즐긴다. 한 사람이 시를 읊조리면 나머지는 침묵한 채 그의 시를 듣고, 다 들은 뒤에는 시가 가진 느낌을 서로 짧게 주고받는다. 시가 목소리로 태어나는 공간. 시가 표정이 되어 눈빛을 채우는 시간. 그런 공간과 시간에 나도 함께한 적이 있다. 페르시아어로 풀어내는 그들의 시는 부드러우면서 가늘게 떨리는 세타르 소리 같았다. 세타르를 연주하거나 세타르 연주를 들으며 오랫동안 체득한 리듬을 시를 쓸 때, 또 시를 낭독할 때 자연스럽게 풀어내는 듯했다. 페르시아어와 시를 읽는 그들의 목소리가 내게는 또하나의 세타르였다.

벽화

상상이 없는 그림들

오늘 오전에는 선선한 날씨를 즐기며 동네를 한 바퀴 돌았다. 무거운 공기와 짙은 그늘 때문인지 걷는 내내 기분이 상쾌했다. 한국에 있었더라면 아마 잠만 자면서 오전을 보냈을 것이다. 이것저것 하다가 매일 새벽에 잠들었으니. 한국에서 지내던 습관대로 잠들어도 이곳 시간은 자정이 되기 전이다. 그래서 일찍 자고 일찍 일어난다. 적당한 시차가 아침을 만들어준 셈이다. 산책이 끝난 뒤엔 단골 주스 가게로 가 석류 주스를 마셨다. 이제는 직원들과 친해져서 주스를 마시며 그들과 이런저런 이야기를 하곤 한다. 내가 페르시아어를 하지 못해 몇 개의 단어를 주고받으며 나누는 짧은 대화가 전부지만, 친절한 그들은 전혀 불편해하지 않는다. 오히려 아이스크림을 공짜로 주고 계속 다른 음료를 권한다. 한국인을 만나지 못해 적적해도 이런 사람들을 보면 마음이 편안해진다.

그런데 오늘은 나 말고도 손님이 한 명 더 있었다. 한 꼬마가 주스 가게로 껌을 팔러 온 것이다. 어린 나이에 일하는 친구들을 테헤란에서 나는 종종 마주쳤었다. 그들은 상점과 식당에서 손을 거들거나 거리와 지하철에서 물건을 팔며 돈을 번다. 직원 중 한 명이 껌을 산 뒤 내게 한 통을 건넸다. 고맙게 받기는 했지만 껌을 파는 아이가 안쓰러웠다. 어느 나라에서나 생계를 위해 길거리로 나서는 아이들이 있다. 그런 아이들을 나는 테헤란에서 좀더 자주 보게 되었다. 언젠가 식당에서 중학생 소녀가 내 앞에 앉더니 무뚝뚝한 표정으로 손을 내밀기도 했다. 내가 돈을 꺼낼 때까지 그는 절대 자리를 떠나지 않았다. 이렇게 하루를 길에서 보내야 하는 아이들은 어떤 눈으로 어른들을 바라볼까?

이곳의 아이들은 집에서, 학교에서, TV에서 매일매일 어른들과 마주할 것이다. 그리고 벽화를 통해서도. 테헤란에는 건물 외벽에 그림을 그려놓고 국가를 홍보하는 벽화가 있다. 일종의 포스터인 셈이다. 호메이니와 하메네이 초상화, 미국을 비난하는 그림들이 대다수다. 또 비장한 표정을 한 군인이 등장해 이란을 수호하는 장면이 그려진 벽화도 있다. 이란은 종교와 정치적인 이유로 이러저런 전쟁에 관여하는 중이며, 전쟁에서 죽은 군인들을 벽화에 새겨 넣어 그들의 희생을 강조한다. (한국처럼 이란 남성은 군 복무를 의무적으로 해야 한다.) 며칠 전에는 미국 군인 앞에 무릎을 꿇고 비는 후세인의 모습이 담긴 벽화를 봤다. 이란과 이라크는 시아파와 수니파로 종파가 다른데다가 전쟁까지 치른 적대국이다. 그래서 앙숙인 미국과 이라크를 동시에 깎아내리기 위해 그런 벽화를 그렸을 것이다.

테헤란 거리를 걷다보면 커다란 벽화와 자주 마주친다. 전쟁과 종교와 관련된 이란 정부의 정책을 알리는 벽화가 많다.

벽화는 이란의 강경한 입장을 계속 드러낸다. 이란 정부에서 벽화를 통해 노리는 것 역시 이런 지점일 거고. 하지만 벽화를 보는 순간 '아, 그래. 나도 저런 노선에 동의해야지'라며, 보이는 그대로 수긍하는 이들이 과연 몇이나 될지 의문이다. 엄청난 정보가 떠도는데다가 마음만 먹으면 외국 소식을 쉽게 볼 수 있는 곳에서 벽화의 효과가 대단할 리 없다. 그보다 더 무서운 건 벽화 때문에 사람들이 '무감각'해지는 일이다. 처음에는 벽화가 신기하고 이상하게 느껴질 수 있다. 그러나 자주 볼수록 둔감하게 다가온다. 다른 경우와 다른 시각을 뒤로한 채 원래 테헤란은 이런 곳임을

이맘 호메이니 광장에 걸려 있는 최고 지도자 하메네이
초상화.

보스니아 내전 중 이슬람교도들을 지원했던 이란 정부
의 공적을 알리는 벽화.

인정하는 동안 나 또한 벽화에 익숙해지기 시작했으니까. 의식하지 않고
지나치게 될수록 점점 무감각해지고 마는 것이다.

아이들은 더 심각하지 않을까? 지도자가 어떤지, 외국이 어떤지는 한
방향으로 판단하기 힘들다. 개인에 따라, 상황에 따라 당연히 다르게 바
라볼 수 있다. 이런 의견들은 현상을 보고, 듣고, 깨닫는 '감각'이 움직일
때 가능하다. 하지만 이곳 아이들은 감각이 한창 펼쳐질 시기에 벽화에
그려진 내용을 마주해야 한다. 비슷한 광경만 머릿속에 그려야 한다. 눈
앞에 보이는 세계만 인식한 그들은 또다시 눈앞에 보이는 세계만을 가꾸

일을 하다가 오토바이에 앉아 책을 읽는 학생. 이란에
는 생계를 위해 학업을 포기한 아이들이 많다.

게 된다. 의심과 질문으로부터 차츰 멀어질 수밖에 없다. 그렇게 잠식된
감각은 온전한 감각이라기보다는 일방적으로 적응된 무감각에 가깝다.
상대방의 얼굴을 보지 않고 아무렇게나 대답하는 상황처럼, 생각이 무뎌
지면서 생각하는 각도마저 마비된다. 결국 무감각은 다른 부분까지 느낄
수 없는 상태로 만들어버린다. 무감각해진 사람은 자신과 현실에 무력해
지고 만다.

　그림의 힘은 색과 구성이 주는 상상력이다. 하지만 테헤란의 벽화를 보
며 자란 아이들은 무감각에 빠져 있는지 모른다. 거기에서 나오려면 시간

이 오래 걸릴 것이다. 꿈을 꿔야 하는데 꿈으로 나가지 못한 채 아이들은 주저앉을 수 있다. 요즘은 벽화보다는 TV와 영화를 더 자주 보겠지만 그것들 역시 벽화와 엇비슷한 내용이 많은 듯하다. 어쩌다 TV를 켜면 종교와 전쟁을 알리는 방송과 마주해야 한다. 전쟁 장면이나 군인의 시신이 화면에 그대로 나온다. 백지 같은 아이들의 눈에 어른들이 색을 덮는다. 아이들의 손에 붓을 쥐여주지 않는다. 가게를 떠난 아이는 거리를 떠돌면서 어른들 틈으로, 벽화 아래로 걸음을 옮겼을 것이다. 외국인인 나를 멀뚱멀뚱 쳐다보던 눈빛, 내가 손을 내밀자 망설이던 표정을 나는 기억한다. 아이에겐 내가 어떤 어른처럼 보였고 어떤 세계로 다가왔을까? 내가 맞이한 아침과 아이가 맞이한 아침은 같았을까? 지금 내 주머니 안에는 아직 뜯지 못한 껌 한 통이 있다.

시슬릭

특별한 날엔 양갈비

숙소 앞에서 담배를 피우고 있는데 한 이란인이 다가와 내게 물었다. "Are you Korean?" 놀라웠다. 내게 국적을 물어보는 이란인들은 내가 한국인이라는 생각을 전혀 하지 못한다. 내 외모가 한국인처럼 생기지 않아서가 아니라 동아시아인들을 보면 그들은 일단 중국인인지, 일본인인지 물어본다. 우리가 서아시아 사람들의 국적을 확실하게 구분하지 못하듯, 그들 또한 동아시아인들의 국적을 확실하게 구분하지 못하는 것이다. 맨 먼저 그들이 떠올리는 나라는 중국 아니면 일본이다. 한국은 늘 마지막에 위치한다. 그나마도 한국인이라고 답하면 남쪽인지 북쪽인지 또 물어본다. 뭐, 이런 상황이 비단 테헤란에서만 일어나는 건 아니다.

어쨌든 내게 질문을 해온 그는 한국 여성과 결혼한 뒤 서울에 살고 있는 이란인이었다. 지금은 휴가차 테헤란에 머무는 중이라고. 그는 생김새와 스타일만 봐도 한국인은 한국인다운 표시가 난다며, 멀리서 나를 봤을 때 단번에 한국인임을 알아챘다고 했다. 문득 내 생김새와 스타일이 '한국인답다'는 사실을 깨달으면서 나는 그와 이런저런 이야기를 나눴다. 테헤란의 심각한 공기, 서울의 비싼 물가, 그리고 맛있는 석류 주스가 주된 내용이었다. 그뒤에도 숙소 앞에서 나는 그와 몇 번을 더 마주쳤다. 결국 우리는 연락처를 교환하고 한국에서 다시 만나 소주와 삼겹살을 먹기로 약속했다. 만남의 자리엔 '삼겹살'이 있어야 풍성해진다는 사실을 서로 인정한다는 듯이.

무슬림은 돼지고기를 먹지 않는다. 하지만 모든 사람이 철저하게 그 원칙을 지키지는 않는다. 한국에 방문한 적 있는 이란인들에게 제일 맛있는 한국 음식이 뭐였냐고 물어보면 둘 중 하나는 삼겹살이라고 답을 한다. 삼겹살의 졸깃한 육질과 달콤한 육즙은 누구에게나 매력적일 것이다. 그러나 테헤란엔 돼지고기가 없고 삼겹살도 없다. 한식당에서 판다는 이야기를 들었지만 확실하진 않다. 대신 한국인이 돼지고기를 먹는 만큼 이란인들은 양고기를 먹는다. 고기라고 하면 가장 먼저 떠올리는 게 양고기이고, 가장 자주 먹는 케밥 역시 양고기 케밥이다. 이곳 양고기 요리는 누린내가 나지 않으며 부드럽다. 한국에서 먹던 중국식 양꼬치와는 비교가 불가능하다.

오랫동안 목축을 해온 이란인들은 양고기를 참 잘 다룬다. 밑간을 한 고기를 꼬챙이에 끼워 불에 구운 케밥이 기본적인 요리지만, 수프와 찜으로 만들기도 한다. 특히 내장까지 즐길 정도로 그들은 양고기를 사랑한다. 각 부위를 끓는 물에 익혀서 파는 식당이 있고 양의 뇌를 요리해 파는 식당도 있다. 정육점 앞을 지나가면 양고기를 매달아놓고 흥정하는 사람들이 보인다. 소고기, 닭고기를 찾는 손님보다 좋은 양고기를 고르기 위해 정육점에 온 손님이 훨씬 많다. 그만큼 양고기가 빠진 이란의 식탁은 상상하기 어렵다.

가끔 나는 맛있고 유명한 음식을 먹으려고 테헤란 구석구석을 떠돌아다닌다. 현지인의 추천을 받은 식당이나 관광객들에게 잘 알려진 식당을 찾아간다. 오래 타지에 머문 나를 스스로 다독이려는 특별한 외식인 셈이다. 외식이라고 해도 양식과 중식, 그리고 케밥을 빼면 선택할 음식이 사실 몇 개 없다. 거의 모든 식당이 케밥을 중심에 두고 다른 요리들을 함께 취급하기 때문이다. 그런데 몇몇 식당에선 특별한 요리를 만든다. 바로 '시슬릭شیشلیک'이다. 시슬릭은 향신료와 소금으로 간을 한 양갈비를 불에 구워낸 케밥이다. 러시아, 몽골 등지에 퍼진 양갈비 요리를 일반적으로 '샤슬릭shashlik'이라 하는데 이란에선 그것을 시슬릭이라 부른다. 각 나라마다 모양과 조리법이 조금씩 다르지만 이란의 시슬릭은 양갈비를 뼈째로 굽는 게 특징이다. 만드는 방법이 단순해 보여도 시슬릭의 맛은 단순함을 넘어선다. 눈을 감고 먹으면 양고기라는 것을 모를 정도다. 소고기 맛이 나기도 하고 돼지고기 맛이 나기도 한다. 부드러우면서 오묘하다. 양고기 요리 중에 딱 하나만 추천하라면 나는 단연코 '시슬릭'을 꼽을 것이다. 한국에서는 비싸서 부담스러운 양갈비를 테헤란에선 상대적으로 싸게 먹을 수 있다.

무슬림은 도축을 할 때에도 종교적인 절차를 지킨다. 동물을 게블레 방향으로 놓은 뒤 죽음을 위로하고, 고기를 내려준 신에게는 감사의 인사를 올린다. 또 동물이 고통을 느끼지 않도록 단번에 숨을 끊는다. 엄격한 무슬림들은 이런 절차를 밟지 않은 고기를 금기시한다. 외국에 나가서도 고기를 함부로 먹지 않는다. 하지만 종교에 얽매이기 싫어 유연하게 상황에 대처하는 이들이 늘어나고 있는 추세다. 건강에 대한 관심이 높아져 주식이나 다름없는 고기를 멀리하고 채식만 하는 사람들도 많다.

삼겹살을 좋아하는 이란인들은 불판에 고기를 올려놓고 친구들과 함께 구워 먹는 한국 문화가 인상적이었다고 말한다. 맛있는 건 역시 나눠 먹어야 즐겁다. 시슬릭 역시 친구와 함께 양손으로 들고 뜯어야 맛있다. 혼자 먹기엔 양도 많아서 누군가와 특별한 걸 먹고 싶을 땐 나는 시슬릭을 먼저 떠올린다. 요즘엔 매연 때문에 목이 턱턱 막혀서인지 삼겹살이 그립다. 우중충하고 흐린 날엔 역시 삼겹살인데…… 한국에 가면 그와 함께 꼭 삼겹살을 먹으러 갈 것이다. 그때는 약속한 대로 소주까지 옆에 두고 천천히 이야기를 나눠야겠다.

양고기 내장을 파는 식당. 목축업이 발달한 이란에서는
양고기의 모든 부위를 요리해서 먹는다.

시슐릭. 양념을 한 양갈비를 불에 구워서 만든 요리이다.

때가 되면 이란

테헤란 시내에서 바라본 알보르즈 산맥. 10월인데도 눈이 쌓여 있다. 테헤란의 여름은 무덥고 건조하지만 겨울이 되면 눈이 자주 내린다.

우산

준비물일까, 짐일까?

며칠 전엔 비가 내렸다. 비라고 하기에 무색할 만큼, 아무런 흔적이 남지 않을 만큼, 정말 몇 방울만 내렸다. 머리를 툭툭 치는 비가 나는 무척 반가웠다. 강수량이 적은 건 알고 있었지만 여태 한 번도 테헤란에서 비를 보지 못했으니까. 한국에는 태풍이 몰아쳐 피해가 크다는데, 이곳은 건조한 날씨가 이어져 구름이 잔뜩 낀 하늘조차 보기 힘들다. 예전엔 비에 젖은 옷과 우산이 성가셨다. 하지만 마른 날씨가 반복되다보니 오히려 비를 기다리게 된다. 여름이 지나고 가을이 되면 비가 종종 온다고 들었다. 테헤란에 비가 한번 시원하게 쏟아져 주변이 촉촉해졌으면 좋겠다. 비가 오는 거리를 봤으면 좋겠고, 우산을 쓴 채 걸어봤으면 좋겠다.

이란은 국토가 넓어서 지역에 따라 기후 차이가 난다. 이란 북부 카스피 해Caspian sea 주변은 비가 자주 내리는 온대 기후이다. 한국이랑 비슷하다. 반면 그 아래 지역은 메마른 땅과 사막이 많다. 테헤란은 메마른 땅에 속한다. 그래서 앞으로 비는 내리지 않을 것 같고 여행 가방에 넣어온 우산을 꺼낼 일도 없을 듯하다. 사실, 테헤란은 비보다 눈을 구경하기가 더 쉬운 도시이다. 알보르즈 산맥엔 10월 말에 첫눈이 온다. 가을에도 시내에서 눈 덮인 능선을 바라볼 수 있다. 최근엔 이상 기후로 테헤란에 폭설이 자주 쏟아진다고 한다.

한국에서 짐을 꾸리는 동안 우산 때문에 나는 잠시 망설였다. 테헤란 날씨를 알면서도 혹시나 하는 생각이 자꾸 맴돌았다. 우산으로 안 쓰면 양산으로 쓰면 되겠지! 하지만 내 우산은 비를 맞지 못했고 햇빛까지 쐬지 못했다. 간혹 양산을 쓰는 사람이 있었던 것 같은데 기억이 가물가물하다. 번거로워서일까? 양산을 구경하기 힘들다. 사람들은 양산 대신 선글라스를 필수품으로 들고 다닌다. 그래서 혼자 우산을 양산처럼 들고 걷는 게 어색하다. 물론 비가 오지 않아 좋은 점이 있다. 일기예보를 볼 때 온도만 확인하면 된다. 비 걱정, 우산 걱정이 테헤란에선 제일 쓸데없는 걱정이다. 여행 가방에 고이 잠든 우산. 그나마 접는 우산이라 얼마나 다행인지. 나는 괜한 걱정으로 괜한 짐을 만들었다. 걱정은 헛수고를 늘 마지막에 알려준다. 그런데 우산을 챙기지 않았을 때 소나기가 쏟아진다면 어떻게 하나? 이것도 괜한 걱정일 것이다. 가게에서 당연히 우산을 팔 거니까.

사람은 확률에 기대서 산다. 몇 퍼센트의 확률로 버티는 순간이 있으며, 몇 퍼센트의 확률 때문에 등지는 순간이 있다. 긍정이 부정이 되거나 절망이 희망이 되는 동안 어떤 확률은 충분한 이유로 자리한다. 확률이 맞을수록 다시 확률을 믿고, 그래서 좀더 정확한 확률이 나오기를 우리는 갈망한다. 점점 확률에 예민해져 확률이 놓칠 자리까지 신경을 쓴다. 자신이 피해자가 될 확률을 줄이기 위해서다. 일기예보 또한 마찬가지다. 눈이 내릴 확률. 바람이 불 확률. 매일 정확성을 기대하며 예보를 주시한다. 가끔 어긋나면 짜증을 낸다. 경험이 쌓일수록 확률을 비껴나갈 확률을 우리는 고민한다. 비가 좀처럼 오지 않는 날씨임에도 내가 우산을 챙겨온 것처럼, 확률이 벗어난 지점에서 자신을 지켜줄 보호막을 찾는다.

지금은 우산 하나의 부피가 커 보인다. 만약을 대비해 가져온 물건이 쓸모가 없어졌다는 실망 때문이다. 우산 말고 다른 걸 가져왔더라면…… 당장 우산을 버리고 다른 걸 집어넣는다면…… 나는 여행을 갈 때마다 알맞게 준비하면서, 또 적당히 포기하면서 짐을 꾸리려고 노력한다. 하지만 막상 여행을 떠나는 순간이 되면 지나치게 준비한 짐은 무겁고, 지나치게 포기한 마음 또한 무겁다. 언제나 조절에 실패한다. 완벽한 짐이란 존재하지 않는 걸 알기에 최대한 완벽해지려 노력한다. 그럴수록 준비와 포기는 서로를 밀어낸다. 안도와 후회가 자리를 바꾼다. 필요한 물건 때문에 고민하고 동시에 불필요한 물건 때문에 고민하는 동안 여행이 지나간다. 가방의 크기는 매번 똑같은데 나를 의심하기보다 물건들을 먼저 의심한다. 내게 책임을 묻기보다 물건에 책임을 떠넘긴다.

상점을 지나가면 기념품이 될 물건들이 보인다. 내가 가져온 짐을 감당

하지 못하면서 내가 가져가고 싶은 물건을 어느새 찾는다. 테헤란까지 왔으니 카펫 하나는 사야 하지 않을까? 친구들에게 나눠줄 선물로 사프란이 좋을까? 집으로 돌아가면 산 것과 사지 않은 것을 두고 후회할 게 분명하다. 매번 겪는 일이니 이번만큼은 참아야지! 그러나 결심은 쉽게 무너진다. 반드시 필요한 물건이 눈에 띄고 반드시 필요한 이유를 스스로 만든다. 빼곡한 짐을 정리하며 공간을 만들려고 애를 쓴다. 그때까지 여행 가방에 있는 내 우산이 무사할지. 아마 들고 온 게 억울해 버리지 못하고 어떻게든 함께할 것이다. 더 무거워진 짐과 더 무거워진 마음으로 가방을 끌고 공항으로 가는 내 모습이 이미 머릿속에 그려지고 있다.

물담배

'카흐베 커네'로 가는 사람들

테헤란의 밤은 빨리 깊어진다. 주점이 없어서인지 상점들이 문을 닫으면 곧바로 거리는 캄캄해진다. 가로등과 간간이 지나가는 자동차 불빛만 길을 드러낸다. 9시나 10시만 돼도 사방은 조용하다. 그 이후에 으슥한 골목을 걷는 건 위험할 수 있다. 그러나 어둠 속에서 문을 연 가게가 보인다. 환하게 들여다보이는 내부에서 남성들이 자리를 가득 채운 채 물담배를 피운다. 뿌연 연기와 알아듣지 못할 음성들. 그나마 늦은 밤까지 불을 밝힌 곳은 바로 '카흐베 커네قهوه خانه'다. 커피집이란 뜻이다. 오래전부터 커피나 차와 함께 '케리온قلیون', 즉 물담배를 파는 가게를 카흐베 커네라고 부른 데에서 그 이름이 유래했다고 한다. 카흐베 커네는 시인들이 모여 시를 읽고 놀이를 하는 사교 장소이기도 했다.

밤이 찾아오고, 또 밤이 지나가는 동안 내가 테헤란에서 할 수 있는 일

156

물담배를 피우는 가게를 '카흐베 커네'라고 부른다. 주
로 남성들이 이용한다.

물담배. 페르시아 시대부터 이란인들은 물담배를 즐겼다.

물담배를 피우는 사람. 이란인들은 장소에 구애받지 않고 어디서든 물담배를 피운다.

은 몇 가지 안 된다. 밥을 먹거나 차를 마시거나 잠깐 산책을 하는 정도다. 외출을 하면 10시 이전에 꼭 숙소로 돌아온다. 그 이후에 누군가를 만나기는 힘들다. 혹시 만나더라도 마땅히 갈 데가 없다. 낮 동안 활기찼던 도시는 밤이 되면 암막을 쓴다. 처음 테헤란에 왔을 땐 이곳의 기나긴 밤을 어떻게 보내야 할지 심각하게 고민했다. 일주일에 하루이틀은 밖에서 놀고 싶었다. 다른 나라의 일상이긴 하지만 그렇게 많은 사람들이 집에서 밤을 보낸다는 게 적응되지 않았다. 이슬람 국가에선 가족끼리 함께 식사를 하고 가족끼리 여행을 가는 게 중요한 일이다. 때문에 외식을 자주 하지 않으며 저녁식사를 9시나 10시쯤 시작한다. 저녁에 만난 친구들은 9시가 다가오면 집으로 돌아간다. 그럴 때마다 가족이 없는 나는 혼자서 밤을 걱정한다. 밤에 무언가를 즐기는 곳이 테헤란 어딘가에 있지 않을까? 내가 아는 곳이 전혀 없을 뿐이지.

밤이 온통 내 방으로 쏠려 넘치고 넘칠 때, 방을 벗어나고 싶을 때, 나는 '카흐베 커네'를 떠올려보곤 한다. 하지만 아직 들어가보지는 못했다. 물담배보단 그냥 담배가 나는 좋다. 차를 마실 거라면 편안한 카페가 오히려 낫다. 하지만 그보다 더 큰 이유는 카흐베 커네가 던지는 인상 때문이다. 페르시아 시대부터 이어졌다는 물담배는 주로 남성들이 피우며, 카흐베 커네엔 오직 남성들만 출입한다. 그들만의 주제를 이야기하면서 그들끼리 눈빛을 교환한다. 물론 이란 여성들도 물담배를 즐긴다. 연인끼리, 친구끼리 둘러앉아 함께 물담배를 피운다. 그럼에도 여성들은 카흐베 커네로 좀처럼 들어가지 않는다. 남녀를 구분 짓는 장소에 카흐베 커네가 포함되는 것이다. 여전히 이란에선 담배가 남성의 전유물이라는 시선이 존재한다. 몇 년 전에 물담배를 피운 여성이 처벌을 받았다고 하니. 위화 감과 위압감, 이런 점들이 싫어 여성들은 일부러 카흐베 커네를 외면하는 것인지 모른다. 전유물에 오랫동안 갇혀버린 권위는 다른 의미와 조건을 끊임없이 밀어내고 만다. 종국엔 내용보다 낡고 고립된 채 틀만 그 속에 남을 수 있다.

외국 손님을 데리고 카흐베 커네로 간다는 사람도 있지만 나는 그곳의 딱딱한 분위기가 여전히 어색하다. 내가 가봤자 할 수 있는 일이 마땅하 지 않다. 물담배를 피우는 게 무조건 잘못은 아니다. 물담배를 특권으로 여기려는 움직임이 잘못이지. 그래서 카흐베 커네는 이란을, 또 테헤란을 집약해놓은 장소라는 생각이 든다. '커피집'이라는 이름만으로는 정체를 알 수 없는 곳. 투명한 창으로 안이 다 들여다보이지만 함부로 간섭할 수 없는 곳. 일부만 드나들 수 있는 곳. 뿌연 연기가 사람들의 표정을 가리는 곳. 문을 열어보고 싶으나 막막한 거리감에 밀려 망설이게 되는 곳. 자주 카흐베 커네를 지나가면서도 나는 항상 조심스럽게 그곳에 놓인 물담배 를 바라본다.

흡연자에게 테헤란은 좋은 도시다. 반대로 비흡연자에겐 힘든 도시다. 또 금연중인 사람에겐 결심을 흔들리게 만드는 도시다. 실내와 실외 구별 없이 흡연할 수 있고 담뱃값이 한국에 비해 엄청 싸기 때문이다. 자신은 비흡연자이면서 흡연자 친구를 위해 담배를 사가는 여행자까지 봤으니까. (그럼에도 돈이 없어 담배를 구걸하는 군인과 젊은이들이 많은 걸 보면 마음이 그다지 편하지는 않다.) 물담배도 비슷하다. 휴대용 물담배가 판매되고, 유원지나 해수욕장에 가면 물담배를 설치해놓은 가게가 여러 군데 있다. 아이 옆에서, 아내 옆에서, 행인들 앞에서 아무렇지 않게 담배와 물담배를 피운다. 이곳에선 간접 흡연이란 개념이 아직 생소하다. 가끔은 이래도 되나 싶은 마음이 흡연자인 나한테 생길 정도니. 누군가는 제약에 갇힌 이란인에게 공식적으로 허용된 유일한 기쁨이 담배라고 말한다. 그러나 담배를 피우지 않거나 피우지 못하고, 술을 마시지 않거나 마시지 못하는 사람들이 이곳에는 훨씬 많다. 그들은 그들만의 방식대로 아무렇지 않게 밤을 보낸다. 밤이 나를 만들었을까? 내가 밤을 만들었을까? 테헤란에서는 불가능한 어떤 일들을 떠올리며 밤을 고민하는 날들이 계속 이어지고 있다.

과자 상자

고속버스에서 받은 선물

이란 구석구석을 여행하려면 반드시 테헤란을 거쳐야 한다. 테헤란 남서부에 위치한 이맘 호메이니 국제공항은 외국과 이란을 연결하는 주요한 통로이며, 테헤란 역과 버스 터미널들은 테헤란과 지역을 연결하는 세세한 통로다. 관광객이 자주 찾는 카스피 해나 고대와 중세의 유적을 간직한 타브리즈, 이스파한, 시라즈, 야즈드 등은 기차와 버스로 6~7시간 이상은 기본이고 야간열차로 12시간 넘게 가야 하는 경우도 있다. 이란의 국토는 한국의 16배가 넘는다. 웬만한 도시와 도시 사이는 한국에서 일본이나 중국을 가는 거리와 맞먹는다. 그래서 일반 버스 외에 좌석이 넓은 VIP 버스가 따로 있고, 모든 고속버스에는 운전사의 피로를 덜기 위해 승무원이 동승한다. 장거리를 운행하는 열차는 침대칸을 제공한다. 여행자들은 싼 운임 때문에 비행기보다는 기차와 버스를 선호한다. 그러나 고속도로와 선로의 상태가 썩 좋지 않아 단순히 킬로미터로 도착 시간을 계산하면 낭패를 본다. 중간에 차가 고장나는 상황까지 왕왕 생긴다. 게다가 모든 버스가 똑같은 영화를 틀어준다. 목적지가 바뀌고 버스 회사가 바뀌어도 같은 영화를 몇 번씩 봐야 한다.

창밖에 끝없이 펼쳐지는 황무지와 사막, 덜컹거리는 실내. 지루한 여행에서 기쁨을 주는 건 역시 먹을거리다. 이란에선 열차와 버스를 이용하는 승객에게 간식을 준다. 특히 버스가 출발하면 나눠주는 '과자 상자'는 길고긴 여행의 버팀목이다. 이 상자엔 주로 과자와 휴지, 종이컵이 담겨 있는데 회사에 따라 내용물이 조금씩 바뀐다. 출출할 때 하나씩. 심심할 때 하나씩. 상자에서 과자를 꺼내 먹으면 지루함이 줄어든다. 이란엔 한국처럼 큰 휴게소가 드문데다가 버스가 휴게소에 자주 들르지 않는다. 홍차를 우릴 뜨거운 물이 필요해 기사가 작은 가게 앞에 멈추면, 승객도 그 틈에 덩달아 쉴 수 있다. 그래서 미처 음식을 준비하지 못한 채 버스를 타는 사람에게 과자 상자는 뜻밖의 선물이 된다.

여행을 위한 것일지라도 상자에 담긴 과자는 어쩐지 사소하게 보이지 않는다. 입구가 가려졌으므로 갖게 되는 기대. 입구가 열리면서 천천히 밀려오는 기쁨. 그것들은 상자 없이 그냥 과자만 받았더라면 가지기 힘든 기분이다. 상자는 물건을 과대하게 포장하기 위한 용도가 아니라 주고받는 시간을 알리기 위한 용도로 쓰일 때가 많다. 그러나 상자가 지나치게 화려하면 허식으로 비쳐지고, 내용물이 지나치게 화려하면 부담으로 다가온다. 상자와 내용물의 성격이 어울릴 때 선물의 가치는 올라간다. 아

VIP 버스 내부. 창밖으로 사막이 보인다. 이란의 VIP 버스는 한국의 우등 버스와 구조가 비슷하다.

고속버스를 타면 나오는 과자 상자.

과자 상자 안에는 여러 가지 과자가 담겨 있다.

담한 상자에 담겨진 작은 과자들. 저렴한 버스비에 과자 상자까지 나오는 고속버스는 여행자에게 즐거움을 준다. 이젠 버스를 탈 때마다 은근히 과자 상자를 기다린다. 매번 그 안에 무엇이 들어 있는지 궁금해지기 때문이다.

과자 상자를 받으면 나는 삼촌들과 누나들을 떠올린다. 명절이 되면 고향으로 오던 삼촌들은 조카인 나와 누나들을 위해 과자 상자를 사오곤 했다. 과자 상자는 어린이를 위한 명절 선물이었다. 큼직한 상자 하나를 받으면 며칠 동안은 풍족하게 과자를 먹을 수 있었다. 시골에서 과자를 사고 마음껏 먹는 일은 쉽지 않았다. 그래서 과자 상자는 아주 귀한 선물이었다. 하지만 상자가 열리면 내 몫이 누나들 것보다 항상 많았다. 아들이라는 이유로 할아버지가 유난히 나를 챙겼기 때문이다. 생각해보면 누나들에게 미안하다. 아무리 가족끼리라도 그건 분명히 차별이었다. 누나들에게 좀더 나눠주고 함께 먹었어야 했는데…… 처음 버스에서 과자 상자를 받은 뒤 그때의 기억이 밀려와 나는 아주 조심스럽게 뚜껑을 열어보았다.

이란에서 몇 번이나 고속버스를 탔을까? 가끔은 동승한 사람과 이야기를 나누고 가끔은 장난을 치는 아이와 놀기도 했지만, 대부분은 혼자서 창밖을 바라보며 자리에 앉아 있었다. 고향으로 향하는 이란인들에 섞여, 여럿이 움직이는 외국인 관광객들에 섞여, 일거리를 찾아 이동하는 아프가니스탄 노동자들에 섞여, 버스에서 오랫동안 시간을 보냈다. 그때마다 내가 의지했던 게 과자 상자였다. 이란인이든, 외국인이든, 노동자든, 똑같은 버스를 타고 똑같은 곳으로 향하면서, 똑같은 상자를 앞에 둔 채 똑같은 과자를 먹는다는 사실이 주는 동질감. 생김새와 말은 달라도 버스 안에선 모두가 비슷한 사람들이라는 안도감. 여기저기에서 과자 상자 여는 소리는 승객들이 서로 주고받는 다정한 인사였는지 모른다. '당신도 받았군요? 저도 받았습니다.' 과자 상자를 받으면 버스는 어느샌가 고속도로를 달리고 있다. 먼 길을 이제 함께 시작한다는 듯이.

계양대

이란 국기와 이슬람 깃발

초등학교 운동회 날, 휘날리는 만국기를 바라보며 나는 내가 아는 국기가 몇 개인지 세보곤 했다. 아무리 셈해도 열 개를 넘지 않았다. 나라 이름을 알면 국기를 몰랐고, 자주 본 국기는 그 나라의 이름을 몰랐다. 모양에 따라 색에 따라 다른 국기가 된다는 사실이 간단해 보이면서도 복잡하게 여겨졌다. 세상엔 참 많은 나라가 있구나! 86아시안게임과 88서울올림픽이 한국에서 열리자 미술 시간에 국기를 그리는 경우가 늘어났다. 하지만 국기를 그리는 동안에만 그 나라를 외우고, 다 그린 뒤에는 잊어버리곤 했다. 색과 모양으로 무엇을 맞힌다는 건 내게 어려운 문제였다. 게다가 나는 태극기 하면 떠오르는 '박영효'와 이름이 같아서 국기를 보면 이상하게 부담이 됐다(지금도 내 성을 '박'으로 착각하는 사람이 있다). 국기를 잘 아는 친구가 그래서 참 대단해 보였다. 한 가지 분명한 것은 그렇게 바라보고 또 배웠는데 이란 국기를 마주한 기억이 전혀 없다는 사실이다. 이란은 내게 아주 먼 곳이었다. 불과 작년까지만 해도 내가 테헤란에 오게 될 줄은 몰랐으니까.

그러나 이젠 이란 국기를 단번에 알아본다. 도시 여기저기에 걸려 있기 때문이다. 테헤란에 도착했을 때 공항에서부터 시내로 연결된 도로에서 나를 반겨준 건 무수하게 펄럭이던 이란 국기였다. 시내에 와서는 게양대에 걸린 국기가 또다시 나를 반겨주었다. '여기는 이란입니다. 그럼요. 이란 맞습니다'라고 안내하는 것처럼. 국기가 이렇게나 자주 보이는 나라는 처음이다. 광장이나 공원에 빠짐없이 높은 게양대가 설치돼 있고 관공서와 호텔, 거리에도 크고 작은 게양대가 자리를 차지하고 있다. 확정과 소속을 전제하며 국기를 거는 게 이상한 일은 아니다. 여기는 이란이니까. 이미 나는 그 윤곽 안에서 움직이면서 경험하는 중이니까. 예상한 것보다 많기 때문에 이상한 기분이 들지만, 정도의 차이가 있을 뿐 국기는 어느 나라에서나 사람을 복습시키는 역할을 한다.

게양대에 국기가 내려지고 다른 깃발이 걸릴 때가 있다. 이슬람 기념일이나 추모일에는 그에 맞게 깃발이 바뀐다. 때로는 녹색, 때로는 검정색. 각각의 문구를 적은 깃발은 이슬람 공휴일을 알려준다. 이슬람력이 표시된 달력이 없어도 게양대를 보면 공휴일을 알 수 있는 것이다. 언젠가 나도 숙소 밖으로 나갔다가 게양대에 걸린 녹색 깃발을 확인하고 나서야 그날이 이슬람 공휴일임을 알았다. 국기 대신 이슬람 깃발을 걸 정도로 이란은 종교를 중요시한다. 그래서 거리가 한산하거나 문을 닫은 상점이 보

호메이니 동상 뒤로 이슬람 깃발이 보인다.

테헤란 곳곳에 게양대가 설치돼 있다.

테헤란 시내 어디에서든 이란 국기를 쉽게 볼 수 있다.

때가 되면 이란

바하레스탄 광장 입구에 설치된 게양대. 평소에는 이란 국기가 걸리지만 이슬람 추모일에는 검정색 추모기
가 걸린다.

이면 게양대를 찾곤 한다. 혹시 오늘이 이슬람 공휴일인가? 모하람 기간인 요즘은 이슬람 공휴일이 아닌데도 이란 전역엔 검정 깃발이 나부끼고 있다.

테헤란 곳곳엔 공사 현장이 많다. 도시가 커지고 관광객 수가 늘어나서 북부를 중심으로 빌딩과 호텔이 한창 들어서고 있다. 이란 정부가 관광객 유치를 위해 온갖 정책까지 내놓은 상황이라 아마 몇 년 후면 대형 호텔과 고층 건물이 북부에 가득찰 것이다. 상대적으로 발전이 더딘 숙소 인근 멜랏 역과 사아디 역에도 개발 바람이 들이닥칠지 모른다. 지금은 가장 높은 건축물이 바하레스탄 광장Baharestan Square 입구에 설치된 게양대이지만, 나중엔 이 게양대보다 더 높은 빌딩이 멜랏 역과 사아디 역을 대표할 가능성이 크다. 그땐 게양대의 높이와 위치가 그대로 유지되고 있을까? 외국 자본과 외국 문화가 밀려오는 동안 게양대는 이란의 어떤 모습과 함께하고 있을까?

짧은 순간이더라도 잦은 '마주침'은 언제나 감정을 동반한다. 미움, 증오, 호감 혹은 사랑. 만약 마주침이 사랑으로 자란다면 기쁜 일일 것이다. 하지만 사랑은 강요로 태어나는 감정이 아니다. 서로의 배려에 끌릴 때, 서로 마음이 닿을 때 생기는 감정이다. 사랑에 빠지면 상대를 이해하며 자발적으로 행동한다. 시선을 존중하며 작은 호흡에 반응한다. '애국심愛國心'의 '애愛'가 뜻하는 건 바로 '사랑'이다. 강요한다고 성립되는 감정이 아니다. 그러나 국가는 국민에게 애국심을 강요하고 강조한다. 감정이 그대로 머물러 있는데 사랑을 더 키우라고 부추긴다. 나를 위해 해주는 일을 내세우면서 내가 해야 하는 일을 국가는 가르친다. 당연한 선택을 외면한 뒤엔 그러한 외면이 국민을 위한 선택이었다고 주장한다. 모든 사랑은 가르침으로 완성될 수 없다. 모든 감정은 변명과 타협하지 않는다. 사람을 대하는 얼굴처럼 국기는 언제나 국가를 대표하며 걸려 있다. 늘 머리 위에서 지킨다는 듯, 늘 눈보다 위를 거느린다는 듯, 게양대 끝에서 국기가 흔들린다. 테헤란에서, 서울에서, 또다른 곳에서.

바람탑

흙집엔 '버드기르'가 있다

테헤란으로 출발하기 얼마 전 나는 압바스 키아로스타미Abbas Kiarotami 감독이 별세했다는 소식을 들었다. 〈내 친구의 집은 어디인가〉를 만든 감독이면서 포루그 파로흐자드Forough Farrokhzad의 작품 「바람이 우리를 데려다 주리라」에 영감을 받아 똑같은 제목으로 영화를 만든 감독. 나는 이란을 잘 알지 못했지만 이란의 영화는 조금 알고 있었다. 특히, 마지드 마지디 감독의 〈천국의 아이들〉은 내가 이란에 관심을 갖게 해준 최초의 영화였다. 오빠 알리와 동생 자라가 뛰어다니는 골목의 풍경은 영화가 끝나고 나서도 한참이나 머릿속을 맴돌았다. 온통 흙빛으로 물든 동네. 어른들 몰래 일을 꾸미며 맑게 웃던 아이들의 얼굴. 만약 이란에 가게 된다면 영화의 촬영지였던 '야즈드'에 꼭 가겠다고 다짐했다. 마침내 나는 버스를 타고 야즈드로 향했다.

흙집으로 가득한 메이보드. 메이보드는 이란에서 가장 오래된 도시이다.

야즈드 인근에는 광활한 사막이 펼쳐져 있다. 한국산 중고 자동차를 모는 현지 가이드와 함께 나는 사막을 구경했다.

야즈드는 흙으로 지은 이란의 전통 가옥이 가득한 곳이다. 중심지 올드
타운을 비롯해 외곽에 위치한 마을 메이보드Meybod까지, 콘크리트 건물
이나 빌딩이 드문 만큼 켜켜이 쌓아온 시간과 무늬를 이곳은 그대로 간직
하고 있다. 이란인들은 몇천 년 전부터 주변에서 가장 쉽게 구할 수 있는
흙으로 집을 짓고 살았다. 비가 오지 않고 강렬한 햇볕이 내리쬐는 기후
탓에 흙으로 만든 집은 쉽게 무너지지 않았다고 한다. 척박한 환경이 오
히려 집의 내구성을 높여준 셈이다. 게다가 야즈드와 메이보드는 사람이
살고 있는 가장 오래된 도시라고 하니. 마지드 마지디 감독이 촬영지를
야즈드로 선택한 건 이런 주거 환경이 이란의 모습을 잘 드러내기 때문이
었을 것이다. 정확한 장소는 알지 못했지만 야즈드 어느 곳에선가 알리와
자라가 신발을 바꿔 신고 학교로 향하는 장면을 나는 생각해봤다. 낮은 지
붕과 좁은 문. 곳곳에 흐르는 수로. 골목과 골목을 시원하게 이어주는 동
굴. 거의 20년 전 영화의 배경이 온전히 남아 있다는 사실이 신비로웠다.

11월에 접어들었는데도 주변을 둘러싼 사막 때문에 야즈드는 뜨거웠
다. 이란의 사막은 모래보다는 흙, 자갈, 바위가 많다. 야즈드를 조금만 벗
어나도 바위산이 이어진 사막을 쉽게 볼 수 있다. 흙집은 이런 사막이 뿜
어내는 열기를 막아준다. 실제로 흙집 안에 들어가보니 바깥과 온도가 달
랐다. 골목에 흙으로 지붕을 달아 동굴을 만든 이유 역시 더위를 이기기
위한 방법처럼 보였다. 그리고 또 한 가지. 야즈드엔 전통적인 냉방 장치
'바람탑'이 있었다. 바람탑은 탑 입구로 들어온 뜨거운 바람을 탑 아래에
고인 지하수로 식힌 뒤 시원한 바람을 흙집 안으로 퍼지게 해준다. 자연

을 그대로 이용하는 것이다. 바람탑 같은 기술이 존재했기에 지금까지 사람들이 야즈드를 지키며 살아올 수 있었었겠지.

이란에서는 바람탑을 '버드기르ﺑﺎﺩﮔﯿﺮ'라 한다. 직역하면 '바람잡이wind-catcher' 란 뜻인데 외국인들은 버드기르를 바람잡이라 부르기도 하고 바람탑wind-tower이라 부르기도 한다. 아마 모양이 탑처럼 생겨서 바람탑이란 이름이 굳어진 듯하다. 언제부턴가 나는 탑이라는 단어를 들으면 종교적인 탑이나 도시를 상징하는 거대한 탑을 떠올리곤 했다. 모스크를 알리는 화려한 탑을 마주했을 때나 밤마다 조명을 밝히는 밀라드 타워를 마주했을 때도, 탑은 으레 우아하거나 거대한 형상을 가져야 한다고 여겼으니까. 그러나 바람탑은 삶을 위해 만든 구조물이다. 우아하거나 거대하지 않지만 사막에서 생활을 이어가는 이들에겐 모스크의 탑만큼 중요했던 탑이다. 뜨거운 바람을 시원한 공기로 바꿔주는 탑. 그 탑 밑에 모여 사는 사람들. 위와 아래의 관계가 가장 밀착된 탑을 나는 야즈드에서 마주한 것이다.

야즈드를 떠나기 전 호스텔 옥상에서 시내를 바라봤다. 흙집의 지붕들과 바람탑 그리고 선명한 하늘이 한눈에 펼쳐졌다. 보이지 않아도 간간이 부는 바람이 저 탑으로 들어가 사람들의 숨소리와 섞였을 것이다. 사람이 사는 곳으로 바람을 불러들일 때 흙집은 더 여물어졌을 것이다. 바람탑이 있는 야즈드는 어느 곳보다 평화로웠다. 그 순간 나는 테헤란을 떠올려보았다. 빽빽한 건물들과 도로에 엉켜 있는 자동차들. 바람이 불어도 탁한

옥상에 솟아 있는 구조물들이 전통적인 냉방 장치 '바람탑'이다.

나레인 성Narein Castle에서 바라본 메이보드.

야즈드의 아이들이 동굴 아래를 걷고 있다.

때가 되면 이란

공기 때문에 느낄 수 없었던 청량감. 알리와 자라가 테헤란 골목을 뛰어 다녔다면 과연 어떤 모습이었을까? 이제 테헤란으로 돌아가면 한국으로 갈 준비를 조금씩 해야 하겠지. 야즈드에 머무는 며칠 동안 테헤란은 내 게 아주 먼 도시처럼 느껴졌다.

피스타치오

알고 보면 '페스테'

밥을 먹고 숙소로 돌아오는데 멀리서 고성이 울렸다. 싸우는 소리는 아니었고 음악 소리도 아니었다. 천천히 다가가보니 한 남성이 계속 무슨 말을 내뱉고 있었다. 트럭을 세워둔 채 상인이 흥정을 하는 소리였다. 짐칸에 수두룩하게 쌓인 불그스름한 열매들. 혹시 대추일까? 그러나 분명히 처음 보는 모양과 빛깔이었다. 나중에 호스텔 주인에게 물어보고 나서야 그 열매들이 '피스타치오'라는 사실을 알았다. 피스타치오라니! 갓 따온 피스타치오는 내가 아는 딱딱하고 누런 피스타치오와 달랐다. 아주 탱탱하고 윤기가 넘쳤다. 볶아낸 뒤의 피스타치오를 상상하기 어려울 만큼.

  테헤란에서 피스타치오 더미를 볼 줄 몰랐다. 이름만 보면 이란과 어울리지 않으니까. 그런데 피스타치오는 서아시아가 원산지이며 특히 이란 피스타치오는 세계적으로 알아주는 특산품이라 한다. '피스타치오'의 이

거리에서 피스타치오를 파는 상인. 갓 따온 피스타치오는 붉은 빛깔을 띤다.

슈퍼에서 볼 수 있는 피스타치오.

피스타치오(위)와 해바라기 씨(아래). 이란인들은 견과류를 즐겨 먹는다.

름 또한 페르시아어 '페스테(ﭘﺴﺘﻪ)'에서 유래했다고. 이란인들은 아주 오래 전부터 페스테 나무를 키웠고 또 페스테를 즐겨 먹었던 것이다. 감자의 원산지가 안데스 산맥이라는 사실을 알았을 때만큼 충격적이었다. 모르고 먹으면 전혀 예상하지 못할 일이니까. 한국에서 파는 피스타치오 중에도 이란산이 많다는 건 충격 때문에 인터넷을 뒤져본 뒤 알게 된 내용이다. 내가 이곳으로 오기 전부터 이란은 생각보다 가까이 있었구나. 피스타치오를 부를 때나 피스타치오를 먹을 때 이란이 잠시 나를 스쳐간 적이 있었던 셈이다.

테헤란에 온 뒤 나는 뭔가를 씹다가 후드득 뱉는 사람들과 마주쳤었다. 그들이 씹는 건 해바라기 씨였다. 해바라기 씨 말고도 이곳 사람들은 호두, 아몬드 같은 견과류를 간식으로 자주 먹는다. 딱딱한 열매를 씹는 일에 익숙한 것이다. 덩어리를 부수고 알갱이를 느끼는 일. 혼자 무언가 씹는 시간은 호흡을 가다듬는 과정과 비슷하다. 한꺼번에 넘기거나 한꺼번에 맛을 알 수 없는 것들을 천천히 씹고 있으면 느림 속에서 생각이 밀려오고, 느림 쪽으로 걱정은 흩어지며, 느림과 함께 긴장은 가라앉는다. 빠르게 맛이 지나가지 않는다. 빠르게 질감이 사라지지 않는다. 그러는 동안 자신이 했던 말을 멈춘 채 자신이 하고 싶은 말을 다시 새긴다. 잘게 잘게 목으로 넘어가는 물질이 조금씩 조금씩 호흡이 된다. 그래서 피스타치오를 씹는 모습은 내게 호흡을 챙기는 일처럼 다가온다. 테헤란은 다른 곳보다 더 바쁘고 혼잡한 곳이니 자신을 정리할 시간이 더 필요할지 모른다. 요즘 나는 피스타치오를 자주 씹는다. 11월 내내 국정 농단 사건에 관련된 뉴스를 쉴새없이 마주했고 막말을 내뱉던 트럼프가 미국 대통령으로 당선되었다는 소식까지 들었기 때문이다. 숨이 턱턱 막히고 답답하다. 길에서 우연히 만난 외국인 친구가 "너희 나라 대통령은 도대체 왜 그러니?"라며 내게 질문을 했다. 이란 친구들은 트럼프를 보면서 영어로 욕을 내뱉는다. 피스타치오를 입에 넣어도 진정할 수 없는 세상이다.

피스타치오를 이란인과 비교하는 이야기를 들은 적이 있다. 겉은 딱딱한데 속은 부드러운 피스타치오가 겉으론 무뚝뚝해 보여도 알고 보면 친절한 이란인의 성격을 닮았다는 것이다. 그 말이 반드시 정답은 아니겠지만 받는 이가 미안할 만큼 친절을 베푸는 이란인을 보면 어느 정도 이해가 되는 부분이 있다. 무엇보다 그들은 어려운 일이 생기면 누구나 최선을 다해 돕는다. 언젠가 시외버스 터미널에 갔을 때 휠체어를 탄 장애인을 태우려고 힘을 합치는 기사들을 봤다. 당연한 일이자 마땅히 힘을 모아야 하는 일이다. 그러나 장애인이 시내버스를 타기 힘들고 고속버스는 엄두도 못 내는 나라가 한국이다. 태우기 귀찮아서 장애인을 외면해버리는 버스도 있다. 심지어 명절 때 승차를 거부당해 고향에 내려가지 못하는 장애인들까지 있으니. 테헤란엔 저상버스가 없다. 그럼에도 장애인을 태우려고 노력한다. 물론 안전이 제일 중요하겠지만 계속 버스의 구조만 따지면서 책임을 미루면 장애인은 기본적인 권리마저 포기해야 한다.

페스테와 피스타치오라는 이름들. 갓 따온 생생한 열매와 내 앞에 놓인 마르고 짭조름해진 열매. 딱딱한데 속은 엄청 부드러운 간식. 처음에서 달라지기도 하고 예상과 다르기도 한 것이 '모습'이다. 누군가는 자신의 입장에서 벗어난 상대의 모습을 이상하게 바라본다. 지나치게 자신의 기준에 의지했으면서 '원래' 그런 모습이었고, '당연히' 그런 모습이어야 한다며 스스로 실망을 부추긴다. 하지만 어떤 모습은 무언가의 일부분이다. 일부분은 모든 모습을 대표하지 않는다. 세상에서 가장 실망스러운 모습은 자기 마음대로 상대방의 모습을 기대하는 자의 당당한 모습일 것이다. 피스타치오는 여러 가지 모습을 지녔고, 나는 테헤란에서 알게 되었다. 내가 아는 모습은 내가 모르는 모습과 늘 함께 있다는 사실을.

비자

90일 동안의 테헤란

며칠 뒤면 나는 테헤란을 떠난다. 90일 가까이 이란에서 지낸 셈이다. 가끔 테헤란 바깥으로 여행을 떠나긴 했어도 이란에서 내가 집처럼 생각한 곳은 역시 테헤란이다. 이제 한국으로 돌아가면 혹독한 추위를 맞이해야 한다. 그러나 나는 이미 감기에 걸려 혼자 기침과 싸우고 있다. 테헤란 날씨는 이미 겨울에 가깝다. 그토록 뜨거웠던 여름은 먼 이야기처럼 느껴지고, 아무것도 모른 채 테헤란에 왔던 8월의 어느 날도 먼 이야기처럼 느껴진다. 나는 한국을 떠나면서 집에 있는 달력을 미리 11월로 넘겨놓았다. 여행이 끝난 뒤 달력을 한꺼번에 넘겨야 하는 순간이 조금 두려워서였다. 내가 없는 동안 있었던 일, 내가 없는 동안 쌓였을 시간이 달력을 넘기면 동시에 몰려올 것 같았다. 내 부재와 상관없이 집으로 찾아온 11월을 아무렇지 않은 척 만나고 싶었다. 테헤란에서 서울로. 낯선 도시에서 익숙한 도시로. 조금 적응한 곳을 벗어나 다시 생활로 돌아가는 과정은 언제나 어렵기만 하다. 그래서 작은 틈이라도 줄여보기 위해 한국의 11월을 미리 챙겨둔 것이다.

이란에 오려고 비자를 신청하던 날이 떠오른다. 이태원에 있는 이란 대사관에서 서류를 챙기던 일. 며칠을 기다려 비자를 받고 본격적으로 짐을 챙기던 일. 이란은 여전히 외국인의 장기 체류가 쉽지 않아 준비해야 할 서류가 많고 비자 발급 과정이 복잡하다. 나는 이런저런 도움을 받아 남들보다는 편하게 비자를 받을 수 있었다. 장기 체류 비자가 아닌 여행 비자가 필요하다면 이맘 호메이니 국제공항에서 비자를 신청하면 된다. 그러나 사업을 위해 온 한국인들이 테헤란 현지에서 비자를 연장하기 위해 고생하는 모습을 나는 자주 지켜봤다. 앞으로는 이란 비자 발급이 좀더 수월해진다고 한다. 양국의 교류가 활발해졌다는 증거일 것이다.

비자는 내 여행이 새겨진 것 중에 하나이다. 내가 테헤란에 도착하길 기다렸고 내가 테헤란을 떠나길 기다리고 있는 증명서다. 비자에 정확하게 명시된 90일이라는 기간 때문에 계획 없이 살던 내가 어느 정도 계획을 세우며 지낼 수 있었다. 남은 며칠은 그동안 걸었던 곳을 다시 찾아가보려고 한다. 계절이 바뀐 탓에 지금은 스프링클러가 작동하지 않는 코르다드 15번가를 거닐 것이며, 조용히 내게 문을 열어주었던 세파살라 모스크도 방문할 것이다. 벽화와 게양대 아래를 지나 그랜드 바자르로 가서 천천히 페르시안 카펫을 구경할 것이다. 사흐르 공원에서는 자전거를 타는 이들을 오랫동안 바라볼 것이다. 걷다가 출출해지면 빵과 케밥과 타진을

이란 비자. 이란에 가려면 반드시 비자를 발급받아야 한다. 관광 비자는 이맘 호메이니 공항에서 곧바로 발급받을 수 있지만 장기 체류 비자는 주한국 이란 대사관에 들러서 미리 신청을 해야만 받을 수 있다.

먹을 것이고, 딱 하나 남은 라면을 언제 먹어야 좋을지 신중하게 고민해볼 것이다. 무엇보다 한국에 가면 무척 그리워질 석류 주스를 마음껏 마실 것이다. 아! 언제나 친절하게 나를 반겨줬던 직원들이랑 작별 인사하는 일도 잊지 말아야겠다. 여행의 마지막을 어떻게 보내면 좋을지 몇 번 고민해봤다. 어차피 걷기 위해 온 여행이었으므로 또 걷다보면 이 여행이 자연스럽게 끝날 거라 믿는다.

테헤란을 떠나는 날 해보고 싶은 일이 두 가지 있다. 첫번째는 이맘 호메이니 국제공항 안에 있는 버거킹으로 가 햄버거를 먹는 것이고, 두번째는 비행기가 이륙하면 곧바로 기내에서 맥주를 시켜 신나게 마시는 것이다. 테헤란에도 햄버거 가게가 있다. 하지만 세 달 동안 전혀 볼 수 없었던 '외국 프랜차이즈' 버거킹에서 햄버거를 먹으면 어떤 기분이 들지 궁금하다. 일단 잊고 지냈던 햄버거의 '상징' 버거킹으로 속을 든든하게 채운 뒤, 금주에 시달렸던 나를 맥주로 시원하게 위로해주고 싶다. 이곳에 온 여행자들과 농담처럼 자주 이야기해왔다. 테헤란을 떠나는 비행기 안에서 바로 술을 시켜 먹겠다고. 당당하게 이란 영공에서 불법을 저지르겠다고. 다행히 나는 터키 국적의 항공사를 예약했으니, 제약 없이 비행기 안에서 맥주를 즐길 수 있을 것 같다.

이란에선 누구든지 나와 비슷한 생각을 한다. 기차가 국경을 벗어나거나 비행기가 이륙하면 많은 여성들이 히잡을 벗어던지고 어떤 사람들은 곧바로 술을 구해 마신다고 한다. 심지어 환호성을 지르는 사람까지 있다고 하니. 아마 이런 모습들이 현재의 이란을 가장 잘 보여주는 단면일 것이다. 부자들은 감시와 억압이 싫어서 절대로 이란에 살지 않는다는 말이 나오는 걸 보면, 이란 정부가 고수해온 태도에 대해 이런저런 생각이 들수밖에 없다. 아무튼 나는 비자 만료일이 되면 테헤란과 작별한다. 그렇다고 이곳을 떠날 때까지 쉽게 들뜨면 안 된다. 내가 살아온 곳과는 너무나 다른, 그래서 너무나 다르게 지내야 했던, 여기는 아직 '이란'이고 또 수도인 '테헤란'이기 때문이다.

케밥과 맥주

이스탄불에서 테헤란을 떠올리며

한때 이란과 터키는 이슬람 국가들 중 가장 서구에 우호적이면서 개방적인 나라로 손꼽혔다. 그러나 이란은 이슬람 혁명 뒤 신정 일치 국가로 변화하며 터키와는 조금 다른 길을 걷기 시작했다. 우리가 이슬람 국가를 떠올릴 때 이란보다 터키가 편하게 다가오는 이유는 이슬람 문화가 융성하지만 다른 이슬람 국가들에 비해 터키의 정치와 문화가 유연하다고 믿기 때문일 것이다. 나는 터키의 수도 이스탄불에 머무는 중이다. 세 달 동안 테헤란에서 특별한 생활을 경험했으므로 한국이 지나치게 낯설까봐 이스탄불에 잠깐 들른 것이다. 갑자기 폭음을 하면 몸이 상한다. 갑자기 금지에서 해방되면 정신이 상한다. 그래서 이슬람 국가면서 이란보다 자유로운 터키에서 준비 운동을 하고 있는 셈이다.

테헤란을 떠나기 직전 몇 가지 일이 있었다. 아락을 주겠다던 친구는 아

이스탄불의 술탄 아흐메드 모스크Sultan Ahmed Mosque. 사원 내부가 푸른 타일로 장식되어 있어서 '블루 모스크'라고 부르기도 한다.

때가 되면 이란

락 대신 와인을 몰래 건넸다. 비록 아락은 맛보지 못했지만 혼자 와인을 마시며 남은 일정을 즐겁게 마무리할 수 있었다. 그리고 이란인 가족에게 초대돼 아주 융숭한 대접을 받기도 했다. 덕분에 '이란에 머물면서 이란 인의 초대를 못 받은 사람은 이란을 제대로 경험하지 못한 거나 마찬가 지'라는 슬픈 결론을 가까스로 피할 수 있었다. 그들이 손님에게 베푸는 친절함과 다정함은 내게 가장 큰 선물이었다. 마지막까지 나를 괴롭힌 건 테헤란의 날씨였다. 며칠 동안은 공기 오염이 너무 심해 학교에 휴교령이 내려졌다. 외출을 할 수 없을 만큼 도시는 심한 잿빛으로 변했다. 그 이후 에 비와 눈이 하루씩 내렸다. 마침내 내가 한국에서 가져간 우산을 쓸 수 있었다. 비와 눈이 내리자마자 지하철에는 우산 장사가 등장해 손님들에 게 우산을 팔았고, 테헤란 사람들은 어딘가에 두었던 우산을 재빠르게 꺼 냈다. 그 모습이 참 신기했다.

아! 테헤란을 떠나면서 해보고 싶었던 두 가지 일, 버거킹 가기와 이륙 후 맥주 마시기는 모두 실패했다. 버거킹은 아예 들르지 못했다. 공항에 넉넉하게 도착했음에도 출국 수속을 하는 데 시간이 오래 소요됐다. 단 2~3명의 직원이 모든 외국인 관광객의 수속을 담당했기 때문이다. 길게 늘어선 줄에서 한참을 기다리고 나서야 겨우 탑승구로 향할 수 있었다. 멀 리서 버거킹을 바라보며 아쉬움을 달랬다. 햄버거를 먹으려고 일부러 아 침식사까지 가볍게 했었는데…… 그래도 비행기 타는 게 햄버거를 먹는 것보다 우선이었고, 비행기만 타면 맥주를 마실 거라는 기대가 있었다. 하지만 비행기 안엔 맥주가 없었다. 이란과 연결된 노선엔 아예 맥주를 준비하지 않는다는 사실을 비행기에 타고 나서야 알게 되었다. 지상뿐 아니라 하늘까지 이란 정부는 술을 막아놓았다. 예상보다 철저했다. 어쩌면 내가 이란을 너무 가볍게 생각했는지 모른다.

비행기 안은 내가 머물렀던 이란과 달랐다. 소문대로 거의 모든 여성들이 히잡을 벗었다. 특히 이란 여성들은 히잡을 벗고 나서 사진을 찍으며 즐거운 표정을 지었다. 그 순간 내가 이란을 떠난다는 사실을 실감했다. 여기서부터 금지가 조금씩 사라지는구나! 이스탄불에 도착해서도 맨 먼저 눈에 들어온 게 여성들의 복장이었다. 자신의 선택에 의해 히잡을 쓰는 사람이 있었고 그렇지 않은 사람이 있었다. 세 달 만에 보는 풍경이 약간 낯설었지만, 익숙한 상황으로 돌아왔다는 편안함이 나를 채우기 시작했다.

주인과 산책을 하는 강아지. 거리에서 자유롭게 뛰노는 고양이들. 이스탄불은 사람과 동물이 함께 사는 도시이다. 유기견은 인식표를 부착해 시市에서 관리하고 시민들은 길고양이에게 꼬박꼬박 밥을 챙겨준다. 누구도 동물을 함부로 다루지 않는다. 동물은 모든 이들에게 친근하게 다가온다. 테헤란에선 볼 수 없던 풍경이다. 종교적 이유 때문인지 애완동물을 키우는 이란인은 아주 드물다. 길고양이가 보여도 관심을 가지는 사람이 없다. 테헤란에 가면 '페르시안 고양이'를 볼 수 있을 거라고 내심 기대했었는데 결국은 한 마리도 보지 못했다. '페르시안'은 품종에 붙여진 이름일 뿐이었다. 러시아에 반드시 러시안블루가 많은 건 아니니까. 다만 이란인들이

이스탄불에 도착하자마자 나는 시원한 맥주를 마셨다. 터키는 이슬람 국가이지만 어디서든 술을 마실 수 있다.

케밥을 사려고 사람들이 가게 앞에 모여 있다.

애완동물을 키운다면 아주 잘 키울 것 같다는 생각이 든다. 그들이 가진 친절함은 개와 고양이를 즐겁게 해줄 수 있는 최고의 능력이다.

테러와 쿠데타 때문에 예전보다 관광객이 크게 줄었으나 여전히 많은 이들이 이스탄불에 머물고 있다. 나는 며칠 동안 거리를 구경하며 케밥을 먹었고 오랜만에 '숙취'를 느낄 정도로 맥주도 실컷 마셨다. 맛이 조금 다를 뿐 터키 케밥 역시 고기에 빵이나 밥을 곁들이는 이란 케밥과 아주 비슷했다. 게다가 맥주와 함께 먹는 케밥은 더이상 말이 필요 없었다. 조금만 비행기를 타고 다른 나라에 오면 케밥과 맥주를 함께 주문할 수 있다니! 그러나 누군가는 터키도 이란처럼 강경한 이슬람 국가가 되는 게 아니냐는 걱정을 내비친다. 에르도안 터키 대통령이 펼치고 있는 종교 강화 정책 때문이다. 나는 테헤란을 떠올리면서 이스탄불 거리를 바라본다. 국경을 마주한 두 나라. 이슬람 문화를 공유하지만 다른 모습으로 사는 사람들. 이란에서 지낸 날들을 터키에 겹쳐 보는 게 쉽지 않다. 한때는 노선이 비슷했어도 지금은 각자의 길로 가고 있으니까. 그러나 앞으로 어떤 변화가 터키에 닥칠지 모르며, 또 그 변화가 이웃 나라 이란에 어떤 영향을 줄지 모른다. 한쪽엔 세 달 동안 익숙해진 케밥이, 한쪽엔 세 달 동안 멀어졌던 맥주가 내가 앉은 테이블 위에 놓여 있다.

나오며

한국으로 온 지 며칠이 지났다. 그동안 나는 마음을 가다듬고 방을 청소하고 쌓인 우편물과 고지서를 분류했다. 텅 빈 냉장고를 확인했으며 당장 필요한 물건들을 구입했다. 고작 3개월이 지났는데 이런저런 일이 밀려 있었다. 겨우겨우 서울에서 꾸려가는 생활이 어쩌면 나의 가장 큰 짐이라는 생각이 들었다. 하지만 천천히 주변에 적응하고 나 또한 무언가의 주변이 되면 다시 이런 시간에 익숙해질 것이다. 억지로 상황을 외면한다고 곧바로 일상이 바뀌거나 뜻밖의 세계가 열리는 건 아니니까. 내가 없는 동안 잘 버텨준 집과 내가 돌아오자마자 아무렇지 않게 방향을 내준 골목이 오히려 고마울 따름이다.

앞으로 나는 '테헤란은 어땠냐?'라는 질문을 종종 받게 될 것이다. 하지만 내 짧은 경험으로 테헤란을 온전히 설명할 수는 없다. 다만 우리가 이란과 테헤란에 대해 알고 있는 것들, 우리가 이란과 테헤란에 대해 짐작하는 것들은 '우리'라는 '방식' 안에서만 여전히 맴돌고 있다는 생각이 든다. 내가 테헤란으로 떠날 땐 대통령이 테헤란을 방문한 이후였고 한국에서 이란이 집중적으로 조명되던 시기였다. 언론들은 앞다투어 이란에 불고 있는 한류를 조명하는가 하면 한국 기업이 진출할 수 있는 기회의 땅이 이란이라며 대대적으로 광고를 했다. 나는 그런 정보들을 마주하며 이란에 대해 어떤 친숙함을 기대했는지 모른다. 그러나 세 달 동안 테헤란에 머물며 느낀 점은 한국 언론이 제대로 확인하지 않은 채, 또 정부가 구상한 내용을 그대로 믿은 채 이란과 테헤란을 상상했다는 사실이다. 외국 문화를 접할 수 있는 환경이 좋아졌고 한국 문화, 특히 드라마와 가요에 대한 관심이 높아졌지만, 그것들이 한국을 대하는 인상과 인식까지 보장해주는 건 아니다.

몇 년 전 이란에서 방영된 한국 드라마들은 시청률이 폭발적이었다고 한다. 이란 방송국은 종교와 정치적인 이유로 다양한 프로그램을 방송하기 어려운 실정이다. 때문에 비교적 검열에서 자유로운 한국 사극을 선호한다. 인기가 좋은 몇몇 사극만 계속해서 재방영되고 있는 것이다. 한국 가요 역시 비슷하다. 아이돌을 중심으로 여러 한국 가수들이 이란에 알려졌다. 그럼에도 한국 가요는 관심 있는 젊은이들이 찾아보고 즐기는 소수의 문화다. 소수 문화가 마땅히 존중받으면서 그 토대가 굳건해지는 건 기쁜 일이지만, 그걸 마치 엄청난 열풍으로 묘사하는 한국 언론들을 보면서 나는 씁쓸한 감정을 느꼈다. 무엇보다 '한류'라는 이름으로 외국에 퍼

'세종학당'의 수업 광경. 한국어를 배우려는 이란인들이 점점 늘어나고 있다.

밀라드 타워. 이란에서 가장 높은 탑이다. 전망대에 올라가면 테헤란 시내를 한눈에 볼 수 있다.

진 한국 문화는 드라마와 아이돌 가수, 유명 연예인에 집중되었고, 이란 또한 상황이 마찬가지라는 것이다. 냉정하게 말해, 한국 가요와 드라마를 아는 이란인들은 많을지 모르나 한국을 잘 아는 이란인들은 드물다.

대통령이 방문한 기간 동안 이란과 계약한 내용에 허수가 많다는 기사를 봤다. 이란은 정부 주도로 모든 게 움직이며, 기업과 기관이 한국과 계약을 하겠다고 해도 정부의 입장이 적극적이지 않으면 불가능하다. 경제 제재가 조금씩 풀려서 이란이 큰 개방을 앞두고 있는 것처럼 언론에서 묘사하지만, 편안하게 문을 여는 데에는 예상보다 오랜 시간이 걸릴 수 있다. 이란 정부는 경제적 개방이 정치적 개혁으로 이어질까봐 걱정한다. 굳건하게 유지한 신정 일치 체제가 무너지는 상황을 바라지 않는다. 다수의 국민들이 더 많은 개방을 원하고, 더 많은 교류를 요구하는데도 정부와 종교계를 이끄는 인사들은 국민들보다 훨씬 더 신중하고 엄격하다. 어떻게 보면 이란은 소수의 부유층과 지배층이 자신들의 안위와 권력을 위해 국정을 움직이는 나라이다. 상대방의 상황이 이러한데 섣부르게 현상을 진단하는 한국의 모습을 나는 너무 자주 마주한다.

물론 이런 의견은 순전히 내 개인적인 것이다. 다만 이란의 정치와 종교, 문화를 세세하게 그리고 차분하게 이해하지 않은 채, 대통령 방문이 이란의 엄청난 잠재력을 한꺼번에 끌어온 것처럼 보도하는 언론이 나는 불편하다. 테헤란에 진출한 한 사업가는 "이란에선 쉽게 되는 일이 하나도 없고, 안 되는 일 역시 하나도 없다"고 내게 토로한 적이 있다. 이 말은 일을 추진하는 과정, 일에 대한 인식과 반응이 한국과 차이가 크다는 뜻이면서, 그것들을 해결하기 위해선 엄청난 노력이 필요하다는 뜻이다. 너무 성급하게 판단하지 않았으면 한다. 좋은 계기를 마련했다고 좋은 결과가 빠르게 돌아오는 건 아니니까. 다양한 문화 행사를 진행하는 한국 대사관이나 한국어를 가르치는 세종학당처럼, 테헤란에서 한국을 알리고 양국을 연결하기 위해 움직이는 곳들은 차근차근 이란과 한국의 관계를 이해하려고 노력해왔다. 이 기관들이 지켜온 호흡이 이란을 바라보는 우리에게 필요할지 모른다.

이란에 좀더 많은 사람들이 여행을 갔으면 좋겠다. 사실 이 책은 여행안내서가 아니기 때문에 이란 곳곳을 세세하게 설명하지는 않았다. 하지만 이란은 분명히 매력적인 나라다. 시라즈, 이스파한, 야즈드, 타브리즈같은 고대·중세 도시와 테헤란 같은 대도시를 하나의 국경 안에서 볼 수있다. 수천 년이 넘은 건축물들과 유네스코 등록 문화재들이 가득하다. 현지에서 만난 친구는 몇백 년 된 건축물은 이란에선 오래된 것이 아니라고 농담을 할 정도다. 게다가 이란은 내륙으로는 광활한 사막과 산맥을 품었고, 남과 북으로는 페르시아 만과 카스피 해를 품었다. 조금만 여유롭게 돌아본다면 이란의 다양한 기후와 문화를 경험할 수 있다. 이런 이유 때문에 많은 여행자들이 이란을 거쳐 아시아와 유럽으로 이동을 한다.

그러나 테헤란에 머무는 동안 한국인 여행자를 만나기 힘들었다. 다른아시아인들에 비해, 그리고 유럽인들에 비해 여전히 이란은 한국인에게

반크 교회Vank Church의 벽화. 반크 교회는 아르메니
아인들이 이스파한에 세운 교회이다.

카스피 해는 이란 북부를 둘러싼 세계 최대의 내해이다.

이스파한에 있는 시오 세 폴Si-O Se Pol 다리.

때가 되면 이란

낯선 여행지이다. 누군가는 이란이 위험하다고 말하지만 지킬 것만 지킨다면 서아시아의 어느 나라보다 안전하다. 국경 통제와 치안 유지에 이란 정부는 많은 힘을 쏟는다. 외국인이 제일 주의해야 하는 건 사진 촬영이다. 어차피 술은 몰래 마시기 때문에 잘 들키지 않는다. (그렇다고 술을 편하게 마시면 곤란하다. '음주 혼성 파티'로 테헤란에서 120명이 체포됐다는 뉴스를 오늘도 봤으니까.) 군사 구역과 통제 구역이 많은 이란에서 무턱대고 사진을 찍었다가 적발되면 상황이 복잡해진다. 촬영 장소가 특수한 곳이 아닌지 확인해야 한다. 높은 담장, 안테나, 군인 중 하나만 보여도 그곳에서는 사진을 안 찍는 게 좋다.

사물을 통해 테헤란을 바라보는 동안 지금까지 내가 지내온 공간과 지금까지 내가 겪었던 시간을 함께 바라볼 수 있었다. 그리고 무언가 마주칠 때 떠오르는 생각을 옮기는 과정이 얼마나 어려운 것인지도 깨달았다. 석 달이라는 기간을, 또 테헤란이란 도시를 어떤 식으로 고정시키기는 싫다. 여행은 여행이 끝난 뒤부터 새로운 의미로 다가오기도 하니까. 다시 익숙한 곳에서 지내다보면 테헤란에서 마주했던 어떤 순간, 테헤란에서 걸었던 어떤 거리가 떠오를 것이다. 그때는 이 여행이 다른 방식으로 나와 결합할지 모른다. 꼭 그곳에 다시 가겠다는 약속보다 또 그곳을 생각할 수 있다는 가능성이 더 큰 희망으로 와 닿기도 한다. 때로는 즐거움이 되었고 때로는 물음이 된 테헤란을 나는 오랫동안 기억할 것이다.

걸어본다 13 | 테헤란

때가 되면 이란

ⓒ 정영효 2017

초판 1쇄 인쇄 2017년 5월 18일
초판 1쇄 발행 2017년 5월 28일
지은이 정영효
펴낸이 김민정
편집 김필균 도한나
디자인 한혜진
마케팅 정민호 나해진 김은지
홍보 김희숙 김상만 이천희
제작 강신은 김동욱 임현식
제작처 영신사
펴낸곳 (주)난다
출판등록 2016년 8월 25일 제406-2016-000108호
주소 10881 경기도 파주시 회동길 210
전자우편 blackinana@gmail.com 트위터 @blackinana
문의전화 031-955-2656(편집) 031-955-8890(마케팅) 031-955-8855(팩스)

ISBN 979-11-960751-1-8   03810